A OBSESSÃO DO BILIONÁRIO

Max

J. S. SCOTT

A Salvação do Bilionário
(A Obsessão do Bilionário - Max)

Copyright© de J.S. Scott, 2016

Todos os direitos reservados.

Editado por Faith Williams—The Atwater Group
Desenho da capa de Cali MacKay – Covers by Cali
Tradutor – Christiane Jost

ISBN: 978-1-939962-89-8 (E-Book)
ISBN: 978-1-939962-90-4 (Paperback)

Índice

Prólogo

Fevereiro, 2011

Max Hamilton estava parado na praia que se estendia atrás da casa e estremeceu ao olhar fixamente para o oceano, fazendo uma careta para as ondas que batiam como se fossem o inimigo. A noite estava muito escura, mas havia iluminação suficiente proveniente da lua e das estrelas para que ele enxergasse o oceano inquieto à sua frente. De uma forma muito elementar, ele era o inimigo, o corpo de água que levara Mia embora. E, naquele momento, Max odiava cada gota d'água no Oceano Atlântico. Em algum lugar, a esposa flutuava sem vida naquelas águas, enterrada em um túmulo molhado, e ele conseguia senti-la se mover cada vez mais para longe. Era como se ela tivesse arrancado seu coração, levando-o consigo e deixando Max ali parado, indefeso, sangrando pela ferida aberta.

Ele colocou a mão no peito e esfregou-o, mas aquilo não parou a dor excruciante.

Não... merda. Ela não pode ter partido. Eu achei que tivera tempo suficiente para lidar com minhas emoções irracionais. Achei que conseguiria me livrar delas e amá-la da forma como merecia ser amada.

Com as pernas fracas, ele caiu sentado na areia, sentindo a umidade penetrar o tecido da calça, mas ignorou-a e manteve o olhar fixo na água. Estava amortecido demais para sentir os elementos externos, arrasado demais para se importar. O corpo inteiro se concentrava em Mia, como se conseguisse trazê-la de volta simplesmente com a força de vontade. Ele ignorou não só o frio do vento que batia em seu corpo, vestido apenas com uma camiseta e calças jeans, como também os mosquitos que se banqueteavam na pele exposta. A sensação excruciante de perda era tão dolorosa que ele precisava bloqueá-la para não enlouquecer.

Todos os músculos do corpo estavam tensos, os punhos cerrados, o cérebro tentando manter as emoções sob controle. Prantear significaria que ele estava aceitando o fato de que Mia se fora para sempre, coisa em que não queria acreditar. Para o inferno com aquilo. Ele permaneceria em negação. Se aceitasse que ela se afogara naquela praia, ele nunca conseguiria sobreviver à agonia.

Max Hamilton não chorava. Nunca chorara. Mesmo quando os pais tinham falecido em um acidente trágico, ele enterrara a vontade de chorar, sabendo que eles teriam se envergonhado disso. Nenhum Hamilton mergulhava nas emoções nem deixava que elas fossem maiores que a lógica e o controle. Ele sabia que os pais o amavam e, apesar de serem de famílias ricas, sempre o ensinaram a se comportar com decoro e moderação. Sempre lhe disseram que era o filho perfeito e que sentiam muito orgulho. Por ser adotado, Max sempre quisera continuar perfeito e tentara, mesmo depois da morte deles. O hábito de tentar se manter controlado era algo que associara com o amor e a aprovação. Agora, não tinha mais tanta certeza disso. Seu instinto lhe dizia que Mia talvez tivesse morrido sem saber exatamente o que ele sentia por ela.

Infelizmente, ele não se sentia muito estável no momento e seu comportamento normal de Hamilton o abandonara completamente.

Mia desaparecera naquele local exatamente uma semana antes, deixando a mochila, as roupas e o telefone na areia. Ela sempre adorara nadar ali, no que chamava de seu pequeno pedaço do paraíso. Fechando os olhos, Max lembrou do rosto dela, da expressão maliciosa e do sorriso encantador. Meu Deus, como Max odiava quando ela saía para nadar sozinha ou fazia coisas que ele considerava perigosas. Costumava lhe dar sermões, como um professor fazia com os alunos, mas ela sempre ria dele até que a raiva passasse, dizendo que era sério demais e preocupava-se em excesso. O problema era que ele nunca conseguia manter a raiva com ela. Aquela mulher o tivera na palma da mão praticamente desde o momento em que se conheceram e ele se sentira feliz com isso. Sempre pedia a ela que tivesse cuidado quando fazia coisas que o deixavam preocupado. Depois, deixava que ela seguisse seu caminho, que achasse que ele estava só um pouco preocupado, quando, na realidade, sentia-se aterrorizado com a possibilidade de perdê-la.

Ele era o sério, o homem que fazia tudo com cuidado e de forma lógica. E Mia... ah, Mia. Ela o fazia feliz, fazia com que risse, com que se sentisse completo. Fazia com que sentisse vontade de perder totalmente o controle. Mas isso nunca acontecera. Ele conseguira domar os instintos selvagens que ela fizera surgir. Com dificuldade, mas conseguira.

— Era nosso acordo — sussurrou ele com voz rouca, apesar de o acordo nunca ter sido oficial nem discutido abertamente. — Eu cuidava das coisas sérias e você me ajudava a ser mais leve. — Ela o ajudava a rir quando ficava sério demais e ele a fazia colocar o pé no chão. Juntos, eram o casal perfeito. Ou, talvez, Mia fosse perfeita e apenas o fizesse mais feliz. Não importava o fato de que ele precisara lutar contra a vontade de se transformar em um homem das cavernas e conquistá-la constantemente, querendo arrastá-la de volta ao seu covil. Mas ela nunca soubera disso, da parte secreta dele que sempre quisera ser livre.

Porque eu não queria espantá-la para longe de mim.

Ele se deitou de costas e cobriu o rosto com o braço, soltando um gemido estrangulado e torturado. Havia um turbilhão de emoções dentro dele, cada uma delas lutando para dominá-lo em uma mente cheia de pensamentos caóticos: raiva, desespero, negação e dor. Infelizmente, a agonia que lhe enchia o coração e a alma estava vencendo, um tanto contida pela negação. *Ela não está morta. Ela não está morta. Preciso de mais tempo.* Fechando os olhos com força para diminuir a sensação de queimação por trás das pálpebras, causada pelas lágrimas que se recusava a derramar, ele engoliu um soluço que subiu pelo peito. Ele e Mia eram um par e Max não funcionava sem ela. Tinham se casado dois anos antes, encaixando-se como peças de um quebra-cabeça que só ficava completo quando estavam juntos, quase desde o instante em que se conheceram. Ele nunca acreditara em amor à primeira vista nem em conexão instantânea... até conhecer a esposa. Eram totalmente opostos em muitos sentidos, mas pertenciam um ao outro. Aquela sensação surgira desde o início do relacionamento, mas ele continuara negando-a, achando que o que sentia por ela seria reduzido em algum momento a algo com que conseguiria lidar.

Isso nunca acontecera. E, sinceramente, Max sabia que nunca aconteceria. Ele simplesmente fora idiota demais para admitir.

Sentando-se, ele passou os braços em volta dos joelhos e balançou o corpo, lutando contra todos os pensamentos racionais que surgiram na mente em relação ao desaparecimento da esposa. Se começasse a pensar de forma lógica, teria que admitir que ela provavelmente estava morta. Mia não desapareceria sem entrar em contato com ele. Talvez fosse um pouco descuidada com a própria segurança de vez em quando, livrando-se dos guarda-costas dele sempre que podia, mas não era irresponsável. Não deixaria de entrar em contato com ele, a não ser que não pudesse fazê-lo.

— Onde está você, Mia? — sussurrou ele com a voz desesperada. — Não faça isso comigo. Por favor. Preciso de você.

Eu deveria ter lhe dito que a amava com mais frequência, passado mais tempo com ela em vez de voar de um canto a outro tentando dominar o mundo. Tentando esconder os instintos primitivos que ela trouxe à tona em mim. Não devia ter fugido. Talvez ela tivesse conseguido lidar com aquela parte de mim, como lidou com tudo o mais.

Na realidade, ele não lhe dera a chance. Nunca se permitira abrir completamente com ela, nunca lhe dissera exatamente como se sentia. Agora, que era tarde demais, ele se arrependia.

Balançando com mais força, ele abriu os olhos e as lágrimas finalmente fluíram. Ele passou o braço sobre os olhos, xingando com raiva ao remover as lágrimas do rosto, mas elas continuavam escorrendo, o que o deixou ainda mais furioso.

Levantando-se rapidamente, ele andou até a beirada da água e avançou mais um pouco, extremamente tentado a se perder no oceano, se fosse a única forma de estar novamente com Mia.

Ela não está morta. Está desaparecida. Não vou desistir dela!

— Mia! — O grito rouco foi levado pelo vento brutal e o corpo de Max estremeceu ao gritar desesperadamente: — Volte!

Não houve resposta e ele caiu de joelhos sobre a água gelada, deixando que ela batesse em seu peito. As lágrimas se misturaram com as ondas e a impotência e a angústia explodiram em uma sequência de soluços estrangulados.

As ondas empurraram-lhe o corpo em direção à praia e ele deixou que elas o carregassem. Quando chegou à areia, ele rastejou por uma distância curta até desabar.

Pare de chorar. Ela não está morta. Está lá fora, em algum lugar. Você precisa encontrá-la.

Tossindo muito, ele tentou reprimir os sons roucos que saíam da boca, furioso por já estar lamentando a perda da esposa que não estava comprovadamente morta. E daí se a polícia e todos os outros achassem que ela falecera? Ele não desistiria. Nunca desistiria.

Não havia atividade nas contas bancárias dela nem nenhum sinal de que ainda estivesse viva. Mas ele não pararia até encontrá-la. Praticamente sem dormir desde que desaparecera, ele passara a semana anterior vasculhando Tampa procurando-a, contratando recursos privados quando os policiais balançaram a cabeça de forma resignada.

— Não vou desistir de você, querida. Prometo — murmurou ele, com os lábios cheios de areia que começava a encher-lhe a boca ao falar. — Esperarei para sempre.

Com a vista embaçada, ele olhou de forma determinada para as ondas, sentindo a exaustão lhe invadir. Ele via luzes à distância, barcos que entravam em sua linha de visão na noite escura. Piscando, ele tentou se manter consciente, mas a escuridão o cobriu e Max sucumbiu, sabendo que não sairia da praia naquela noite. Talvez nunca saísse. Talvez ficasse lá até morrer ou até que Mia voltasse.

A figura molhada, trêmula e desesperada permaneceu imóvel até o amanhecer, quando Max abriu os olhos, torcendo para que tudo o que acontecera na semana anterior fosse apenas um sonho.

Mas não fora. E, quando Max se olhou no espelho no dia seguinte, teve que admitir para si mesmo que, às vezes, não existe uma segunda chance. De vez em quando, alguma coisa ou alguém extraordinário surgia na vida de uma pessoa e havia apenas um intervalo curto para agarrá-la. Infelizmente, ele fora um covarde, tivera medo da mudança, e a pessoa extraordinária dele fora levada antes que pudesse tomá-la inteiramente.

Pela primeira vez na vida, Maxwell Hamilton sentia arrependimento. E era algo extremamente doloroso. Mais tarde, talvez examinasse a própria vida e decidisse se precisava realmente ser ou não um robô que funcionava com controle e lógica meticulosos, fazendo apenas o que era aceitável em sua mente. Mas aquilo viria mais tarde, depois que a dor diminuísse. Infelizmente, aquele dia nunca chegou.

Capítulo 1

O Presente

Não quero uma mulher, Maddie. Já sou casado. — Max segurou a aliança de casamento de platina, um anel que raramente tirara do dedo desde o dia em que se casara, e que permaneceria lá mesmo depois que morresse. Tecnicamente, ele ainda era casado. O corpo de Mia nunca fora encontrado nem ela fora legalmente declarada morta.

Ele respirou fundo e soltou o ar lentamente, saboreando o aroma do churrasco e do ar fresco. Eles estavam em um piquenique de fim do verão, um momento raro em que amigos e familiares se reuniam em um dos parques locais e agiam como crianças novamente, esquecendo que eram um grupo das pessoas mais ricas do mundo, com mais responsabilidades sobre os ombros do que a maioria das pessoas. Naquele dia, podiam ser pessoas comuns e Max não queria ter aquela conversa com a irmã que encontrara recentemente. Ele só queria saborear o fato de que realmente tinha uma família, uma irmã cuja existência descobrira poucos meses antes. Por apenas algumas horas, queria desfrutar da companhia das pessoas que eram importantes para ele e tentar não pensar na mulher que perdera. Encontrar Maddie fora um milagre, um presente que ele não queria desperdiçar.

Maddie mordeu o lábio inferior, olhando para ele com uma expressão preocupada por sobre a mesa de piquenique para onde tinham sido expulsos pelo marido dela, Sam Hudson. Sam era o churrasqueiro e queria que a esposa grávida ficasse longe do fogo. Max sorriu, imaginando como o amigo e cunhado sobreviveria àquela gravidez com Maddie. Com apenas poucos meses, Sam já a tratava como se ela fosse frágil como vidro. Ele nem conseguia imaginar como Sam se tornaria insanamente protetor à medida que a gravidez progredisse. Não importaria o fato de que Maddie era médica e perfeitamente capaz de saber o que podia e o que não podia fazer. Sam não deixaria que fizesse nada. Sinceramente, Max não o culpava. Ele mesmo se sentia um tanto protetor em relação à irmã. Ela tinha trinta e cinco anos, dois a mais que ele, e queria aquele filho desesperadamente. Ele respiraria aliviado quando o bebê nascesse em segurança. Qualquer outro resultado partiria o coração de Maddie e a irmã já passara por adversidades o suficiente na vida.

— Só quero que você seja feliz — respondeu ela em tom suave, puxando nervosamente um cacho dos cabelos vermelhos.

Que merda, ele odiava aquele olhar triste no rosto dela. Mas, de alguma forma, precisava fazer com que ela entendesse que não estava interessado em uma companhia feminina. Algumas vezes, não havia aquela felicidade intensa como ela tinha com Sam. Era algo que certamente não estava presente no futuro dele. Ele já vivera o amor de sua vida... e acabara estragando tudo. A irmã tentara lhe empurrar várias mulheres durante todo o verão e isso precisava parar. — Eu sinto por Mia o mesmo que você sente por Sam. Eu a amava. Ainda a amo. A morte dela não mudou isso. Não há mais ninguém para mim, Maddie. Ela foi a única. — Max sabia que Maddie entenderia. Afinal de contas, ela esperara Sam por mais de uma década. — Não consigo ficar com ninguém mais. Nem agora nem nunca.

— Você se sente assim agora, Max, mas, algum dia...

— Eu me sentirei da mesma forma daqui a um ano, daqui a dez anos e todos os dias depois disso. — Ele não queria enganá-la. Não mais. No passado, ele mudara de assunto sempre que ela mencionara que talvez devesse encontrar uma companhia feminina, mas não queria mais se esconder. A missão de Maddie para que ele encontrasse a felicidade era emocionante, mas não adiantaria nada. Só servia para lembrá-lo do que perdera. — Se alguma coisa acontecesse com Sam, quando você estaria pronta para estar com outra pessoa? O rosto dela ficou sombrio e Max se sentiu um babaca. A última coisa que queria era magoar Maddie. Sabia que ela tinha boas intenções e queria que ele fosse tão feliz quanto era com Sam. Mas ele não aguentava mais e precisava que ela parasse com aquilo. Max passara os dois anos e meio anteriores tentando apenas manter a sanidade, sem que a dor no peito desaparecesse. Tentara simplesmente funcionar todos os dias e sobreviver à agonia de existir sem Mia. Era melhor não pensar em relacionamentos românticos. Não haveria um final feliz para ele, apenas a sobrevivência. E era muito melhor apenas trabalhar, ficar exausto até dormir e sentir-se grato pela família e pelos amigos que tinha. Não queria outra mulher. Não havia uma substituta. Ele não era assim. Pelo jeito, ele e a irmã eram iguais nesse sentido: o amor durava para sempre.

— Nunca — admitiu Maddie em tom triste. Os olhos cor de amêndoa dela encontraram os dele, finalmente compreendendo o que Max tentava lhe dizer. — Eu nunca estaria pronta porque Sam é o único homem para mim. Eu entendo. E sinto muito. Mas me sinto tão impotente. Quero ajudar, mas não sei o que fazer.

Max se levantou e deu a volta na mesa, sentando-se ao lado da irmã e tomando-a gentilmente nos braços. Ele fechou os olhos, saboreando o abraço feminino da irmã quando ela passou os braços em volta de seus ombros e apertou-o. A voz dele estava rouca quando ele falou baixinho: — Você já me ajuda. Só por ser minha irmã. Não preciso de mais nada. — Ele estava mentindo e sabia disso. Mas o que precisava não era possível. Mia não voltaria e ele precisava aceitar isso. Só que nunca conseguira aceitar.

— Ei, é melhor vocês dois se afastarem antes que Sam venha aqui, quebre seus braços e dê uma surra nos dois. — A voz masculina casual soou atrás deles. O cunhado dele, Kade, se aproximava com

Tucker, o cachorro de olhar triste de Max. Na verdade, o cachorro de Mia. Tucker era um cachorro abandonado que Mia adotara e Max nunca descobrira a verdadeira raça dele. Parecia um cruzamento entre duas raças bem diferentes e o cão fazia muito pouco além de comer e dar a Max olhares desaprovadores com olhos enterrados em um rosto enrugado. Ele não sabia como Kade conseguira fazer com que Tucker se mexesse. O cão preguiçoso e mimado geralmente lançava um olhar de desdém a quem quer que tentasse fazê-lo caminhar e voltava a dormir. Ele podia ser um chato, mas Max nunca conseguira se livrar de Tucker, por mais olhares acusadores que recebesse, como se o cão o acusasse de ser responsável pelo desaparecimento de Mia. Ela adorava Tucker e o cachorro feio fora completamente apaixonado pela dona. Por causa disso, Max e Tucker aprenderam a tolerar um ao outro. Max sabia que Tucker ainda esperava que Mia voltasse para casa. Nesse sentido, os dois eram ridiculamente iguais. De uma forma estranha, Max se sentia melhor sabendo que havia outra alma que ainda sentia a perda de Mia, mesmo que fosse um cachorro incrivelmente feio.

Kade mancou na direção deles com Tucker arrastando-se logo atrás. O cachorro estava ofegante, com a língua cor-de-rosa pendurada na boca, ao parar aos pés de Max e dar a ele um olhar irritado.

— Não é minha culpa, você foi com ele — respondeu Max à reprovação silenciosa de Tucker, olhando friamente para o cão. Tucker conhecia Kade muito bem. O cunhado, irmão de Mia, arrastava-se com a perna prejudicada como se tivesse algo a provar. Quando sofrera o acidente de motocicleta, a carreira de jogador profissional de futebol americano terminara. Os médicos nem mesmo acharam que ele conseguiria manter a perna. Mas ele conseguira e Kade ainda estava em forma física melhor do que qualquer homem que conhecia.

Max soltou Maddie, que sorriu para Kade quando ele se sentou no banco ao lado dela, deixando-a presa entre os dois. — Vocês dois se divertiram? — perguntou ela, estendendo a mão para acariciar o cachorro de Max. Tucker já estava roncando, mas soltou um gemido satisfeito enquanto Maddie acariciava-lhe a cabeça.

— Sim, Tucker me levou para um exercício completo. Esse cachorro tem um ritmo brutal — respondeu Kade, sorrindo para Maddie quando ela se ergueu novamente e parecendo que poderia correr mais alguns quilômetros sem nem suar. Max tinha certeza de que Tucker se movera a passo de lesma, o que, sem dúvida, deixara Kade muito irritado.

Meu Deus, ele me lembra tanto de Mia.

Kade e Mia tinham os mesmos olhos de azul profundo, o sorriso deslumbrante e os cabelos loiros. No momento, os cabelos de Kade estavam desgrenhados e mais longos do que o normal, chegando ao colarinho da camisa floral incrivelmente horrorosa. Por algum motivo, Kade sempre se vestia muito mal. Certamente não era por falta de dinheiro. O cunhado de Max era extremamente rico, provavelmente ainda mais que ele próprio. Kade assumira a Corporação Harrison com o irmão gêmeo, Travis, quando os pais tinham falecido mais de quatro anos antes, e fora um jogador importante de um time de futebol profissional da Flórida durante anos antes do acidente, recebendo um salário muito alto, além de patrocínios lucrativos. Max estava disposto a apostar que, apesar de a camisa parecer a ponto de ser jogada na lata de lixo mais próxima, tinha uma etiqueta famosa. Honestamente, Max tinha quase certeza de que Kade se vestia daquele jeito só para irritar o irmão gêmeo. Travis era uma pessoa extremamente metódica e meticulosa, da mesma forma que ele, o que deveria ser motivo para que Max fosse mais próximo dele, não de Kade. Mas, depois de perder Mia, Max e Kade se aproximaram e passaram mais tempo juntos. Kade estivera disposto a falar sobre Mia. Travis se mantivera estoico e reservado.

— Bem, foi muito simpático de sua parte levar Tucker para fazer um pouco de exercício — disse Maddie a Kade, inclinando-se para beijar-lhe o rosto de leve.

— Ei, pare com isso. Sam até aceita que Max seja afetuoso com você. Mas, como não ele não é parente seu, é melhor manter distância.

— Simon Hudson, o irmão mais novo de Sam, se aproximou da mesa com Kara, a esposa grávida, e com um tom sério de advertência na voz.

— Somos parentes pelo casamento... mais ou menos — respondeu Kade, sorrindo quando Simon ajudou Kara a passar por cima do banco no lado oposto da mesa e sentar-se. — Ela é irmã do meu cunhado. Isso deve contar.

Simon fez uma careta, com a preocupação pela esposa em estado adiantado de gravidez evidente pela expressão tensa no rosto. Kara estava radiante, com o rosto rosado depois da caminhada. Simon finalmente olhou para Kade ao se sentar ao lado da esposa e comentar em tom rabugento: — Não conta. Vocês não têm nenhuma relação de sangue, esqueça.

Kara bateu de leve no braço do marido. — Kade é como se fosse da família. Deixe-o em paz, homem das cavernas. Nós gostamos do fato de ele tratar Maddie e eu como irmãs. Kade e Max são meus irmãos honorários.

Max soltou uma risada. — Então, podemos ir até aí e dar um abraço fraternal em você, Kara? — perguntou ele, observando Simon com cuidado. Sinceramente, ele não devia implicar com o pobre coitado. Simon era obsessivamente ciumento e a esposa estava no nono mês de gravidez, mas Max não conseguiu se conter. Lançando um olhar conspiratório a Kade, os dois começaram a se levantar.

Simon rosnou quando Kade e Max se levantaram.

Kara abriu um sorriso largo, parecendo contente com a ideia de dar um abraço fraternal nos dois homens.

— Se derem um passo à frente, os dois acabarão no hospital — avisou Simon em tom perigoso.

Max sorriu e Kade soltou uma gargalhada. Sim, certamente era melhor não implicar com Sam e Simon em relação às duas mulheres. Mas, como nem Kade nem Max tinham esposa, era muito divertido observar a reação de Simon. Os dois se sentaram novamente, sabendo que era melhor não forçar muito a barra. Max não tinha dúvidas de que Simon cumpriria a promessa.

— Aguardem — avisou Simon. — Vai ter troco.

O sorriso de Max murchou. Apesar de a namorada de longo tempo ter acabado o relacionamento com Kade, o cunhado provavelmente encontraria uma boa mulher um dia e receberia o troco por implicar com Simon. Mas Max sabia que isso nunca aconteceria com ele. E ele nunca tratara Mia da mesma forma como Sam e Simon tratavam as esposas. Os pais o amaram, deram-lhe tudo o que uma criança adotada poderia querer e, em troca, ele sempre tentara fazer com que sentissem orgulho por ter um comportamento controlado. Não que ele não tivesse sentido vontade de ser totalmente selvagem em relação a Mia de vez em quando, ou, na verdade, na maior parte do tempo, mas não permitira que tais emoções chegassem à superfície. Ele esmagara aqueles sentimentos sem dó, enterrando-os profundamente, e amara Mia com a mesma afeição distante que o pai sentia pela mãe. Mas, puta merda, não fora fácil. Max sabia que os instintos animais e possessivos estiveram presentes com Mia, rosnando para se manifestarem, mas ele sempre os escondera, constantemente lutando para mantê-los sob controle. Agora, desejava tê-los deixado à solta e ter amado a esposa livremente. Ele tivera medo de afastá-la, assustando-a com um comportamento irracional. Mas, ao observar os outros homens com as esposas, não estava totalmente certo de que ela não teria querido que fosse assim. Kara e Maddie pareciam felizes, tendo certeza de que eram amadas. Mia se sentira assim? Max achava que não.

Sam levou uma bandeja grande de hambúrgueres e cachorros-quentes recém-preparados. As mesas de piquenique eram puxadas rapidamente para que todos se sentassem, com a madeira quase gemendo com o peso de todas as pessoas e de comida suficiente para alimentar um pequeno exército. Kade se sentou à esquerda de Max e Maddie, à sua direita.

Os olhos de Max varreram a multidão sentada à mesa e o perímetro do parque, sentindo vontade de rir ao perceber a quantidade de seguranças disfarçados que os rodeavam. Já sabendo que Sam e Simon teriam se preocupado com a segurança no parque, ele não se preocupara em incluir sua pequena equipe no evento. Agora, sentia-se muito feliz por isso. Teria sido um exagero. Os irmãos Hudsons tinham uma equipe praticamente inteira da SWAT em volta do parque para proteger as esposas. Não que Max os culpasse. Se ele tivesse sido mais firme com Mia sobre a segurança dela, talvez se não a tivesse deixado convencê-lo de que não precisava ser seguida a cada minuto do dia. Talvez...

Ele estendeu a mão para pegar um hambúrguer quando a viu. As mãos pararam abruptamente antes de chegar à bandeja e o corpo inteiro congelou quando ele encontrou o olhar de uma mulher parada a alguns metros, com o corpo meio escondido por uma palmeira. O coração dele deu um salto quando os olhares se fixaram um no outro, olhos muito parecidos com os de Mia. Talvez ele tivesse conseguido desconsiderar o fato de que os olhos eram do mesmo tom de azul da esposa falecida, mas não podia ignorar a sensação de reconhecimento que teve e que viu refletida no olhar dela. *Meu Deus do céu.* — Mia — sussurrou ele com voz rouca, abaixando a mão ao encará-la abertamente.

Ouvindo a declaração baixa de Max, Kade se virou para ele e seguiu a direção de seu olhar. Ele olhou para a mulher por um momento e novamente para Max. — Não faça isso com você mesmo, cara. Não é ela — disse Kade em tom duro.

É. Claro. Durante o primeiro ano depois do desaparecimento de Mia, Max a vira em todos os lugares onde ia, em cada multidão. Mas aquilo não era a mesma coisa. — Eu a sinto — respondeu Max, sem afastar os olhos da mulher e sentindo o corpo tenso ao se levantar.

Kade agarrou o braço dele. — Os olhos dela são da mesma cor, mas é só. Não é ela. Olhe para ela, Max. Essa mulher tem cabelos curtos e escuros. É magra. Não há semelhança alguma além dos olhos. Há muitas mulheres de olhos azuis. Pare de se torturar. Mia se foi e nunca voltará. — A voz de Kade era baixa e ele virara a cabeça para que apenas Max conseguisse ouvi-lo.

Max o ignorou, soltando-se da mão do cunhado ao se levantar. O pesar que sentira vindo da mulher o chamava. Passando por cima do banco da mesa de piquenique, ele manteve o foco nela. A sensação de reconhecimento que sentia abafou todos os sons à sua volta, até que só conseguisse ouvir o som trovejante do coração batendo e a única coisa que sentisse fosse a sensação assustadora de conhecer a mulher que estava tão perto, mas tão longe.

Déjà vu.

Aquelas eram exatamente as mesmas sensações que ele tivera no momento em que vira Mia pela primeira vez e mergulhara em seus olhos azuis.

Ao dar um passo na direção da mulher, ela correu. Afastando o olhar, ela se virou e começou a correr para longe dele. Os braços e as pernas magros e nus, expostos pela bermuda e pela camiseta, se moviam de forma graciosa em passos rápidos. *Droga. Não. Não fuja. Por favor, não fuja.*

O desespero o invadiu quando o corpo começou a se mover. Os pés bateram na terra com força quando ele correu atrás dela, cobrindo rapidamente a distância entre os dois. — Espere! Só quero falar com você — gritou ele, perto o suficiente para quase conseguir tocá-la.

Ela virou a cabeça enquanto corria, assustada pela voz dele tão próxima, e tinha uma expressão de pânico. Perdendo a concentração, ela tropeçou, sem ver a calçada elevada à sua frente. A mulher caiu com força, batendo a cabeça no chão. Como estivera olhando para trás, não teve a chance de estender os braços para amortecer a queda.

— Merda. — Max ficou sem fôlego ao saltar para evitar cair sobre ela, fazendo uma careta ao ver a cabeça dela bater no cimento. Ele desacelerou e virou-se, abaixando-se ao lado dela e odiando a si mesmo por persegui-la como um louco e causando a queda brutal.

— Você está bem? — perguntou ele ansioso, virando-lhe o corpo gentilmente e segurando-lhe a cabeça.

Ela estava estonteada, com a expressão desorientada como se estivesse tentando entender o que acontecera. — Você não fez a barba hoje.

Deveria ter sido uma coisa estranha a se dizer, mas não era. Ele costumava ser meticuloso sobre fazer a barba, algumas vezes tendo que fazê-la duas vezes por dia. Mas não se preocupava muito mais com isso e barbeava-se apenas uma vez por dia, ignorando a barba que ressurgia no fim da tarde.

A voz confusa e tentadora chegou aos ouvidos de Max, atingindo-o de forma tão intensa que ele mal conseguiu respirar ou pensar. — Mia? — Ele quase não conseguiu pronunciar o nome dela ao segurar o corpo frágil nos braços, estremecendo em choque.

A mulher balançou a cabeça negativamente, um gesto que pareceu como se estivesse tentando clarear o cérebro. — Não. Não sou a mulher que você quer — disse ela enquanto continuava a balançar a cabeça. A expressão dela ficou vazia quando os olhos se fecharam e o corpo inteiro ficou flácido nos braços de Max.

Você é exatamente a mulher que eu quero.

Enquanto Max a segurava com mais força contra o peito, sussurrava fervorosamente: — Não. Acorde. Fique comigo. — A palma da mão que segurava a cabeça dela estava úmida e ele a afastou ligeiramente, vendo que estava coberta de sangue.

Ferimentos na cabeça sangram muito. Talvez não seja tão grave quanto parece. Fique calmo. Mas que merda, quem estou tentando enganar? Ela está desmaiada.

Sam, Simon e Kade chegaram no momento em que Max se levantou, segurando a mulher leve nos braços.

— Você perdeu o juízo? Por que saiu correndo daquele jeito? — Kade olhou para a mulher que Max segurava. — O que aconteceu com ela?

— Caiu. Ela está inconsciente, bateu a cabeça no concreto. Precisamos levá-la a um hospital. Chame uma ambulância.

Para variar, Kade não discutiu e colocou a mão no bolso da calça para pegar o telefone.

Max começou a andar. A mente racional funcionou de forma automática, sabendo que precisava atravessar o parque e chegar à rua onde poderiam encontrar a ambulância. Ele sentiu a respiração morna dela contra a pele, o coração batendo rapidamente sob a ponta dos dedos que repousavam contra o pescoço da mulher.

Ela está viva. Mia está viva.

Aquele fato em particular era assombroso de várias formas, mas Max sabia que não podia pensar naquilo agora. Ele entenderia tudo em algum outro momento. Agora, Mia precisava que ele cuidasse dela. Se não se concentrasse naquilo, e apenas naquilo... perderia totalmente o juízo e o famoso controle que tinha o abandonaria.

Max andou pelo parque o mais depressa que conseguiu, tentando não sacudir demais a mulher que tinha nos braços. Simon e Sam o acompanharam silenciosamente em cada lado. Kade estava logo atrás, ainda no telefone, dando indicações rápidas ao pessoal da emergência sobre o local em que estavam.

— Posso carregá-la um pouco — disse Sam baixinho, colocando a mão no ombro de Max para tentar pará-lo.

— Não — resmungou Max. O inferno congelaria antes que ele entregasse a mulher para outra pessoa. Acabara de encontrá-la novamente. Não a deixaria ir. Afastando-se da mão de Sam, ele continuou a andar.

— Você não pode ficar segurando-a até que a ambulância chegue. Pode levar algum tempo — Simon tentou argumentar.

— É claro que posso — respondeu Max em tom ríspido, apertando a mulher um pouco mais de forma involuntária ao apressar o passo. — É a minha esposa. Eu a carregarei pelo tempo que for preciso. — Ele precisava mantê-la, precisava segurá-la.

Ele não notou a expressão atônita de Sam e de Simon quando os dois o encararam como se tivesse perdido a razão.

— Você acha que é Mia? — perguntou Sam confuso.

— É Mia — respondeu Max em tom firme.

— Max, ela não se parece com Mia...

Chegando ao estacionamento, Max virou a cabeça bruscamente para olhar para Sam, dizendo de forma agressiva: — É ela. — Ele conhecia a própria esposa. O perfume era de Mia, a sensação era de Mia. Ela era Mia.

A mulher em seus braços começou a se mexer quando Kade se juntou aos três homens. As sirenes soaram à distância, aproximando-se rapidamente. — A ambulância está vindo — murmurou Kade, colocando as mãos nos bolsos da calça. A expressão era preocupada ao olhar para Max. — Max, eu sei que acha que é Mia, mas deve saber que não é.

Max observou os olhos de Mia abrindo-se lentamente, piscando como se estivesse tentando focalizar a visão e olhando em volta desorientada. — O que aconteceu? Por que está me carregando? — perguntou ela.

— Você caiu e bateu a cabeça, querida — respondeu Max em tom suave.

— Pode me colocar no chão, por favor? — pediu ela, contorcendo-se.

Fazendo uma careta, ele respondeu: — Nem pensar. Você está ferida.

Irritada, ela olhou para o irmão. — Kade, pode dizer a Max que estou bem? Onde você conseguiu essa camisa horrível? Acho que é ainda pior do que aquela com os pássaros roxos. — Os olhos confusos dela se viraram para Simon e Sam. — Por que Simon e Sam estão aqui? Onde diabos estamos? Merda, parece que fui atropelada por um caminhão. — Ela recostou a cabeça no ombro de Max e fechou os olhos, parando de discutir por estar sendo carregada por ele. Aparentemente, o momento de lucidez passara.

Os quatro homens se entreolharam, nenhum deles movendo-se ao olharem para a mulher que Max segurava.

— Puta merda — disseram Simon e Sam ao mesmo tempo.

O coração de Max acelerou e a boca ficou seca. Ele se viu incapaz de falar ao tentar entender o que estava acontecendo... sem conseguir.

Kade tirou o telefone do bolso e apertou um dos botões. Erguendo a voz para conseguir ser ouvido acima das sirenes da ambulância que chegara, ele gritou no telefone: — Travis? Preciso que você nos encontre no hospital. Acho que encontramos Mia. E ela está viva.

Maddie, Kara e o restante dos convidados do piquenique chegaram, todos falando ao mesmo tempo, enquanto um paramédico saltava da ambulância e corria até eles com uma maca. Max relutantemente colocou Mia sobre o lençol que cobria a maca, mas segurou-lhe a mão. Ignorando o caos em volta, ele seguiu a esposa. Entrando na ambulância, ele se sentou perto da cabeça dela e deixou que o paramédico fizesse seu trabalho. Max agarrou a mão de Mia, apertando-a ligeiramente, sentindo a necessidade de manter a conexão.

— Senhor, está ferido? — perguntou o jovem médico.

A pergunta mal penetrou a nuvem em volta do cérebro de Max. Lentamente, ele olhou para a própria camisa, percebendo que estava coberto do sangue proveniente do ferimento da cabeça de Mia.

— Não — respondeu ele, balançando a cabeça. — Não mais.

O jovem perplexo olhou para Max por um momento e deu de ombros, obviamente convencido de que o sangue nele pertencia a Mia. Voltando ao trabalho, ele limpou o sangue do ferimento na cabeça de Mia, estabilizou o pescoço dela e começou a fazer várias perguntas médicas a Max sobre a esposa.

Arrancando-se brutalmente dos próprios pensamentos, Max ligou o piloto automático na mente, respondendo coerentemente a todas as perguntas e dando ao paramédico todas as informações que tinha que poderiam ajudar Mia.

Reunindo todo o controle que podia, Max se acalmou e enterrou as emoções. Deveria ter sido fácil. Era algo que fizera durante a maior parte da vida. Mas, naquele momento, foi um esforço imenso e ele quase não se importou em conseguir ou não.

Faça isso por Mia. Ela precisa que você seja sensato e controlado.

Com aquele pensamento, Max conseguiu se controlar totalmente, tornar-se o homem racional que ela sempre esperara.

Quando a ambulância chegou ao hospital, Max estava no comando de si mesmo. O único sinal de que ele não conseguira enterrar completamente as emoções era a força com que segurava a mão de Mia.

Por algum fenômeno desconhecido, Max percebeu que realmente recebera uma segunda chance. Apesar de ser extremamente improvável, ele recebera a esposa de volta e não pretendia estragar tudo desta vez.

Com o rosto sombrio, ele não se afastou de Mia, nem mesmo quando foi instruído a esperar em outro local. Ele esperara tempo suficiente. Tinha a esposa nas mãos e nunca mais a largaria.

Capítulo 2

onversei com todos os médicos dela, Max. Até mesmo com o psiquiatra. O traumatismo cerebral é relativamente leve. Ela está tendo alguns sintomas de síndrome pós-concussão com amnésia retrógrada. Ela realmente não se lembra dos últimos dois anos e meio nem do que aconteceu durante esse tempo. — Maddie usava a voz de médica, mas a expressão era preocupada ao se sentar ao lado de Max na sala de espera do hospital e segurar a mão dele.

Max soltou um suspiro exausto antes de responder: — Você pode colocar isso em termos leigos, Maddie? O que isso quer dizer? — Passando a mão da testa até o maxilar em uma atitude frustrada, ele olhou para a irmã, incapaz de esconder a expressão suplicante. Ele queria que alguém lhe dissesse que Mia ficaria bem. Nada mais seria aceitável.

— Significa que, quando ela bateu a cabeça na calçada, isso feriu o cérebro em volta do crânio e bagunçou algumas das minúsculas células que existem lá dentro. Ela está bem, Max. De verdade. Não há nada de importante nos exames dela. A dor de cabeça e a tontura desaparecerão em algum momento e a memória voltará. — Ela tirou a mão quando Sam entrou na sala com uma caixa de papelão contendo copos de café. Em silêncio, ele entregou um copo a Max e outro a Maddie, pegou um para si mesmo e sentou-se ao lado da esposa.

Max sabia que deveria sentir um pouco de alívio ao ouvir o que Maddie dizia, mas, toda vez que via a vulnerabilidade no rosto de Mia, tinha vontade de matar alguém. O problema era que não fazia ideia de quem atingir pelo que acontecera com a esposa. Ora, ele nem mesmo sabia o que acontecera com ela. Na maior parte do tempo, não tinha coragem de questionar o fato de que ela estava de volta, inteira. Mas não conseguia evitar alguns momentos de dúvida, perguntando-se onde diabos ela estivera, pelo que passara nos dois anos anteriores. Ele era um homem de razão e nada daquilo fazia sentido.

Como se lesse a mente dele, Sam comentou devagar, mas em tom perigoso: — Descobriremos o que aconteceu, Max.

Max ouviu no tom de Sam as palavras que não foram ditas em voz alta... *e os imbecis responsáveis pagarão se fizeram alguma coisa com ela*. Max olhou para além da irmã e viu a expressão de Sam. Quando os dois homens se encararam, Sam acenou uma vez para Max, avisando que estava falando sério. Max inclinou ligeiramente a cabeça, agradecendo o apoio de Sam. Ele se sentiu muito feliz por alguém finalmente entender a irritação e a frustração que sentia, os instintos masculinos que precisavam de vingança pelo que acontecera com Mia. Ele nem sabia se ela fora ferida ou algo assim, mas alguém a levara para longe e, no momento, Max queria a cabeça daquela pessoa.

— Você precisa dormir, Max. Está aqui há dois dias inteiros. Vá para casa e descanse um pouco. Mia poderá ir para casa amanhã de manhã. — A voz de Maddie era suplicante e o olhar, preocupado.

Ah, nem pensar. Seria preciso um exército inteiro para arrastá-lo para longe de Mia. Ela estava confusa e assustada e, apesar de Maddie não saber, aquilo era algo raro em Mia. Ele precisava ficar lá com ela. A esposa estava de volta e nada a tiraria dele novamente. Com a incerteza do que realmente acontecera, do motivo pelo qual ela desaparecera, ele não a deixaria. — Eu vou ficar. Dormirei quando formos para casa — respondeu ele teimosamente, tirando a tampa do copo e bebendo um pouco de café. — Vocês dois precisam ir embora.

Eu ficarei bem. — Ele queria se levantar e dançar, pois a esposa lhe fora devolvida. Provavelmente faria isso se não estivesse tão cansado e preocupado.

Kade e Travis tinham ido para casa, mas Maddie e Sam preferiram ficar. Maddie procurara os médicos para obter todas as informações depois de obter a permissão de Mia. Ainda bem que a irmã dele era médica. Max precisava saber o que estava acontecendo de alguém em quem confiava e em uma linguagem que conseguiria entender.

Sam se levantou e pegou a mão da esposa, puxando-a para que se levantasse.

— Não quero deixar você aqui sozinho a noite inteira, Max — disse Maddie em tom suave. O olhar preocupado dela estudou a aparência desgrenhada do irmão.

Max olhou para ela, sentindo-se emocionado com a preocupação dela. Colocando o café na mesa ao lado, ele se levantou para abraçá-la com força. Sam tirou o copo da mão da esposa quando Max a ergueu nos braços. — Obrigado por estar aqui quando precisei de você, mas não estou mais sozinho. Mia está aqui. Estou exatamente onde deveria estar. — A voz dele estava rouca devido às emoções que se aproximavam da superfície por causa da exaustão.

Soltando Maddie, ele disse a Sam: — Leve-a para casa. Ela está carregando meu sobrinho.

Sam fez um som de desdém, erguendo a sobrancelha. — Você quer dizer a minha filha.

Max revirou os olhos. — Meu sobrinho — retrucou ele em tom leve. Max sabia que Sam não se importava com o sexo do bebê, contanto que fosse saudável. Mas, desde que descobrira que Sam sonhava com uma priminha para a filha de Simon que nasceria em breve, Max imediatamente decidira torcer pelo contrário. Não seria natural se não discutisse com o amigo.

Sam segurou a mão de Maddie e deu um tapinha nas costas de Max. — Agora você poderá ter seu próprio bebê, amigão. Vejo você amanhã. — Sam saiu da sala de espera com Maddie, deixando as palavras ecoando na mente de Max.

Ele mal começara a ousar acreditar que Mia estava viva, de volta em sua vida. Era cedo demais para começar a pensar em filhos, mas isso não impediu a vontade quando ele percebeu que talvez o futuro não fosse mais tão sombrio assim. Com o coração batendo depressa, ele saiu da sala de espera, andando rapidamente na direção do quarto de Mia.

A esposa estava no hospital havia dois dias, mas ele mal tivera a oportunidade de conversar com ela. Em todos os momentos, alguém a levava para fazer exames ou, quando estava no quarto, havia alguém visitando. Ele queria, precisava ter um pouco de tempo sozinho com ela.

Max não bateu. A porta estava entreaberta e ele a abriu gentilmente com o ombro, com o olhar sendo atraído para a cama. Max não sabia o que estava esperando, mas soltou um longo suspiro de alívio que não percebera estar segurando. Talvez estivesse com medo de estar tendo alucinações ou de que ela se fora. Mas lá estava ela, com a cabeça abaixada e olhando para a tela do notebook. Os dentes mordiam o lábio inferior enquanto ela digitava.

Ela está assustada. Conheço aquela expressão preocupada.

Os cabelos de Mia ainda estavam curtos, mas loiros novamente. Pelo jeito, a cor que ela usara era apenas temporária. A maior parte saíra quando a enfermeira a ajudara a lavá-los. Max não podia negar que queria saber por que ela quisera cobrir os cachos loiros, por que cortara os belos cabelos tão curtos, mas deixou as perguntas de lado. Não receberia nenhuma resposta, pelo menos, não agora. Em vez disso, apenas olhou para os cachos curtos que emolduravam o rosto bonito. Vestindo uma camisola cor-de-rosa e chinelos, ela parecia muito mais jovem do que os vinte e nove anos que tinha.

Perdi dois aniversários dela. Perdemos dois aniversários de casamento.

Não importava. Max planejava compensar cada momento perdido. Nunca mais diria a si mesmo que teria tempo, que teria anos pela frente com Mia depois que criasse seu império e especialmente depois que aprendesse a controlar a intensidade das emoções perto dela. Esse último fora o principal motivo pelo qual se concentrara nos negócios.

O que sentia por ela era intenso demais, primitivo demais, difícil demais de esconder. Ela fora sua única vulnerabilidade, uma brecha enorme no controle que tinha, e ele tivera muita dificuldade em manter os instintos possessivos controlados. Agora, não se importava mais com isso. Tudo deixara de importar no momento em que a perdera.

Aprendeu a lição, seu idiota?

Ah, sim, certamente aprendera. A vida era curta e nada mais importava além das pessoas que amava.

— O que está fazendo? — perguntou ele curiosamente ao entrar no quarto, deixando que a porta se fechasse atrás de si.

Os olhos azuis luminosos dela se afastaram da tela do computador e os lábios se abriram em um sorriso alegre quando ela o viu. O olhar era tão familiar que ele quase caiu de joelhos.

— Pesquisando. Estou tentando descobrir um pouco mais sobre o que aconteceu comigo e por que não consigo me lembrar. — Ela fechou o notebook e deu a ele a atenção total, uma ação familiar que sempre o deixara desconcertado e fascinado. Agora, ele achou algo encantador e sedutor, que ajudava a saciar uma sede profunda.

Ele se sentou na cadeira ao lado da cama, incapaz de afastar o olhar do rosto dela. — E o que você descobriu, senhora detetive?

— Não muito. Nada que os médicos já não tivessem me dito. Achei um pouco assustador ler sobre a minha própria suposta morte. — Ela suspirou e recostou-se nos travesseiros antes de continuar. — Perder mais de dois anos da minha vida é algo assustador. Parece que foi ontem que fomos ao jantar beneficente dos Bannisters, mas consigo sentir o buraco na minha vida, que tudo mudou. — Ela fez uma pausa e sussurrou: — Eu mudei.

— Nós descobriremos tudo, querida. Eu prometo. Tudo ficará bem — respondeu Max, pegando a mão dela e puxando a cadeira mais para perto da cama.

— Estou feliz por você estar aqui. — Os olhos dela se moveram do rosto de Max para as mãos dadas. — Obviamente, não tive uma vida só de prazeres. Minhas mãos estão ásperas.

Max virou a mão dela, notando as unhas irregulares e os calos pela primeira vez. — Você nunca teve uma vida só de prazeres. É a mulher mais ocupada que conheço.

Mas a aparência dela sempre foi perfeita, sempre impecável e na moda.

As mudanças eram estranhas, mas ele não lhe diria isso.

— Bem, pelo menos, estou magra — comentou ela.

Sim, ela estava. Magra demais. Outra coisa que era estranha. Mia sempre fazia algum tipo de dieta e Max odiava isso. Ela tinha curvas perfeitas e um traseiro que o deixava de pau duro sempre que rebolava à sua frente. — Nada que uma boa comida italiana não resolva — disse ele com um sorriso.

Ela resmungou. — Massas são minhas inimigas.

— Você adora massas — relembrou ele, querendo rir de um comentário que ela sempre fazia ao afastar um prato de fettuccini, normalmente seguido de uma porção saudável de tiramisu. Sinceramente, ele não se importava com a aparência dela. A seus olhos, ela sempre seria a mulher mais bonita do planeta.

Ela puxou gentilmente a mão que ele segurava e colocou o computador de lado. Torcendo as mãos nervosamente, ela murmurou:

— Pedi que fizessem um teste de DNA. Meus irmãos forneceram o sangue para isso. Não será tão conclusivo como se minha mãe ainda estivesse viva, mas...

— Por quê? Eu sei que você é a minha esposa. Você sabe...

— Eu quero que você saiba com certeza. Desapareci por mais de dois anos. Você merece algum tipo de prova científica.

— Não preciso de provas. Eu não tenho dúvidas. Soube no momento em que a vi no parque, Mia — respondeu ele, ligeiramente incomodado por ela achar que precisava provar alguma coisa.

— Acho que meu irmão quer esse teste — disse Mia baixinho com o desapontamento evidente na voz.

Mas que idiota. Vou arrancar o coração dele. — Travis — disse Max em voz alta e furiosa.

— Não, acho que Travis acredita em mim. Mas não tenho tanta certeza sobre Kade — admitiu Mia com expressão vulnerável.

— Kade? Por que diabos ele quer o teste? — Ok... Max podia acreditar que Travis quisesse uma prova. Ele era um idiota sem coração que só acreditava em fatos concretos. Mas Kade? — Vou matar esse imbecil — resmungou ele, pensando nas várias formas como poderia torturar o cunhado por pedir aquilo a Mia.

— Ele não pediu, na verdade. Eu ofereci. E acho que é importante acabarmos com todas as dúvidas por muitos motivos. Kade parece diferente, distante e hesitante em aceitar que sou realmente a irmã dele. — Mia suspirou. — Talvez seja só por causa do desapontamento do acidente e de a namorada ter terminado com ele. Mas ele parece incerto e não quero que ninguém tenha dúvidas.

— Mesmo assim, foda-se, vou matá-lo — respondeu Max irritado.

— Não lembro de você ter usado essa palavra antes — disse Mia em tom divertido.

— É, bem, as coisas mudaram. Eu mudei — admitiu Max, sabendo que era verdade. Ele não era mais o mesmo homem que ela conhecera.

— Também estou diferente. Eu me lembro de nossa vida juntos antes de desaparecer, mas não me sinto mais a mesma pessoa — sussurrou ela em tom suficiente para que Max a ouvisse. — Eu sinto muito.

— Ei. — Max se levantou e ergueu-lhe o queixo para que pudesse encarar os belos olhos. — Não importa. Eu nunca deixei de amar você. E nunca deixarei. Começaremos de novo, conheceremos novamente um ao outro. — Ele esperaria, deixaria que ela se recuperasse, mas estava determinado a fazer com que Mia o conhecesse.

Ele queria dizer a Mia que sabia como sua vida era vazia sem ela, como o coração sangrara todos os dias enquanto estivera longe. Que desejara morrer com ela quando achara que estava morta. Mas ela não estava pronta para aquilo no momento e ele afastou aqueles pensamentos. Naquele instante, só queria que ela estivesse inteira, saudável e feliz.

— Ok — concordou ela sem fôlego. — Você deveria ir para casa e descansar um pouco. Parece exausto. Você dormiu?

Ele sorriu para ela. — Não muito. E não vou embora até que possa levá-la para casa comigo amanhã.

— Você precisa dormir, parece cansado — murmurou ela, mordendo o lábio inferior novamente com preocupação. O rosto tinha uma expressão perturbada.

— Eu vou dormir — garantiu ele, odiando vê-la preocupada quando era ela quem estava em uma cama de hospital. — Aqui. — Ele bateu na cadeira ao lado da cama.

Ela hesitou e perguntou devagar: — Quer dormir comigo? — Afastando-se um pouco na cama pequena, ela olhou para ele com esperança.

Naquele momento, a única coisa que Max queria era deitar na cama ao lado dela e abraçá-la, senti-la respirar contra sua pele para lembrá-lo de que era dele novamente. — Estou fedendo. Não tomei banho nem troquei de roupa nos últimos dois dias.

Mia sorriu e ergueu a mão, apontando em direção a uma porta perto da entrada do quarto. — O banheiro fica ali e Maddie trouxe roupas limpas para você. Estão na gaveta.

Max abriu um sorriso ao andar até a cômoda e abrir a gaveta, tirando uma camiseta e calças *jeans* limpas. Ele prometeu a si mesmo que não se esqueceria de que devia um grande favor à irmã. — Cinco minutos — disse ele a Mia, praticamente correndo até o banheiro e fechando a porta. Ele provavelmente bateu o recorde mundial do banho mais rápido.

Mia estava no meio de um bocejo quando ele saiu do banheiro, com os cabelos ainda molhados, mas quase sentindo-se humano de novo. Ela se moveu para a beirada da cama para que ele pudesse deitar ao seu lado. A cama era pequena e teria sido apertada para um homem do tamanho dele até mesmo se estivesse sozinho. Mas, no momento, era o céu. Puxando Mia para abraçá-la de costas contra o próprio corpo, ele gemeu de prazer ao sentir o perfume dela envolvê-lo, mergulhando feliz em sua essência. O coração de Max bateu mais forte e o corpo foi invadido por uma sensação que ele achou que nunca mais teria.

— Meu Deus, senti tanta falta disso — sussurrou ele com voz rouca no ouvido dela. Max estendeu a mão para puxar o fio que desligava a luz acima deles, deixando-os no escuro.

Mia relaxou contra ele, encaixando-se perfeitamente em seu corpo. — Não lembro de nós dois não estarmos juntos, mas sei que também senti falta. Eu amo você — disse ela em voz baixa e solene.

O corpo inteiro de Max estremeceu ao apertá-la um pouco mais involuntariamente, colocando a mão em sua barriga e puxando-a para mais perto. Aquelas eram as palavras que ele queria ouvir, que precisava ouvir. Bastava Mia amá-lo, nada mais importava no mundo.

— Eu também amo você. Não achei que poderia segurá-la nos braços novamente. — A voz dele estava estrangulada pela emoção.

— Não acho que a enfermeira aprovará — disse ela com uma risada leve.

— Não dou a mínima — murmurou ele, sentindo o perfume dos cabelos dela. — Você está confortável?

— Sim. Seu cheiro é tão gostoso — disse ela com voz sedutora.

— Você está bem?

— Claro que não. Camas de hospital são aparelhos de tortura. Mas nem mesmo uma banana de dinamite conseguiria me tirar desta posição — disse ele. — E devo um belo presente a Maddie pelas roupas limpas.

— Ela é maravilhosa, Max. Fico tão feliz por vocês terem se encontrado. Como isso aconteceu? — perguntou ela curiosa.

Ele deu de ombros de leve ao responder: — O destino. Ou talvez apenas uma grande sorte. Eu a vi no casamento de Simon e Kara e ela parecia exatamente igual a uma antiga fotografia de nossa mãe biológica. Isso me fez querer vasculhar o passado e finalmente encontrei a prova de que éramos irmãos. Infelizmente, ela não foi adotada e teve uma vida difícil. Pena que não descobri antes. Eu era apenas um bebê quando fomos separados e nenhum dos dois se lembrava do outro.

— Ela parece feliz agora — comentou Mia.

— Ela está. Como poderia não estar? Sou irmão dela — respondeu Max com uma risada.

— Eu sei que ela está feliz por ter você como irmão, mas acho que Sam também tem um pouco a ver com essa felicidade — respondeu Mia com um sorriso. — Eles parecem tão felizes. Maddie me contou uma parte da história deles. Nunca achei que Sam ficaria tão domesticado. Acho que, por baixo do *playboy*, ele sempre sentiu saudades de Maddie. Acho que tanto Simon quanto Sam finalmente estão felizes. É tão estranho que tudo tenha mudado tanto. É quase como se eu tivesse dormido uma noite e acordado em um universo paralelo. Mas fico contente por eles terem encontrado a mulher certa. Fico contente. Sempre me preocupei com eles. Eu queria que isso acontecesse com Kade e Travis.

Max estava furioso com Kade e Travis precisava de uma mulher que o agarrasse pelo pescoço e não largasse, pois sabia ser um imbecil, mas respondeu de forma magnânima: — Eu também quero. — E queria, pois era o que Mia queria. Kade poderia encontrar a mulher certa para agradar Mia... depois que Max arrebentasse com ele por ser um idiota.

— Você vai ficar um pouco? Até que eu me lembre ou, pelo menos, que me acostume com o fato de não me lembrar dos últimos dois anos? — A voz dela soou nervosa e assustada. — Tudo parece tão diferente do que consigo me lembrar.

— Querida, vou ficar a noite inteira — retrucou ele.

Ela balançou a cabeça de leve. — Não foi isso que eu quis dizer. Queria saber se você pode deixar de lado as viagens de negócios. Só por algum tempo. A mídia fará uma festa com essa história e eu queria saber se você pode ficar por perto por algum tempo.

A culpa deixou Max tenso. — Mia, eu não vou a lugar algum.

— E o trabalho? Você planeja conquistar o mundo político e dos negócios? — perguntou ela com voz confusa.

Sim, em algum momento, ele quisera se candidatar na política, mas aquele desejo desaparecera completamente. Ele quisera fazer aquilo por todos os motivos errados e descobrira que seria um político ruim. — Eu disse a você que mudei. Não quero mais as mesmas coisas que antes. — Suspirando, continuou: — E eu conquistei tudo o que queria conquistar no mundo dos negócios. Não preciso viajar mais como antes. — Na verdade, a maioria das viagens não fora essencial, mas ele não queria pensar nisso agora. — Receio que você terá que me aguentar.

— Será bom ter você em casa — disse Mia com um bocejo. — Sinto tanto a sua falta quando viaja. Preciso que você me ajude a me acostumar com todas as mudanças que ocorreram. Eu queria que minha memória voltasse.

Max poderia ter dito que entendia a solidão que ela sentia, mas duvidava que Mia conseguisse lidar com o tamanho da saudade que sentira. Durante o casamento, quando ele viajava muito, e durante os anos em que ela estivera longe.

— Você nem terá a chance de sentir a minha falta — informou ele em tom brincalhão. Em voz mais séria, disse: — Você também estará cercada por seguranças de hoje em diante. Sem discussão. Não sairá mais sem estar segura. Chega de fugir da segurança. Você será protegida para sempre.

— Eu sei que deveria discordar, mas não vou. Não agora. Na verdade, estou aliviada — admitiu ela, parecendo perdida no escuro.

— E também não ficará exposta à imprensa — disse ele de forma determinada. — Farei uma declaração breve quando a imprensa descobrir e fim, é só o que ouvirão.

— Prefiro evitar os repórteres por enquanto. Pelo menos, até que eu me lembre do que aconteceu. — Mia mudou ligeiramente de posição, esfregando o traseiro nele ao se mover. — Max, você está... — A voz dela sumiu sem terminar a pergunta.

Ele sabia exatamente o que ela queria perguntar. — Se estou de pau duro? Sim. Como pedra. Tudo em você me excita e não faço sexo há mais de dois anos, querida. Portanto, pare de se esfregar em mim desse jeito — respondeu ele. — Fique quieta.

O corpo dela ficou imóvel, mas ela perguntou curiosa: — Você não... você nem... ninguém... — Ela fez uma pausa e continuou: — Você não dormiu com ninguém enquanto eu estive desaparecida?

— Não. Nem fodi ninguém. Não tive vontade de dormir com nenhuma outra mulher — respondeu ele.

— Mas você nem teve vontade de...

— A única coisa que eu queria era minha esposa. Portanto, eu me masturbava pensando em você, pois não queria mais ninguém.

— Max achou que, se fossem começar novamente, era melhor ser honesto. Ele e Mia nunca tinham discutido questões sexuais tão abertamente, mas talvez devessem. — Isso a deixa surpresa? Ela ficou em silêncio por um momento, tão quieta que Max achou que pegara no sono. Mas ela respondeu: — Na verdade, a ideia de você fazendo isso é muito excitante. — A voz dela era baixa, rouca, com um tom de "foda-me agora mesmo" correndo nas palavras que ele nunca ouvira antes. Aquilo quase o fez gemer frustrado. — Eu queria ter assistido — acrescentou ela baixinho, quase como se estivesse falando consigo mesma.

O comentário foi honesto e direto como fora o dele. Max não achou que fosse possível ficar ainda mais excitado, mas ficou. Uma expansão intensa acontecia sob o tecido da calça, forçando as costuras. Eles nunca tinham flertado nem tido uma conversa sexual tão direta e aquilo fazia com que o corpo inteiro queimasse. — Vá dormir e comporte-se — disse ele, mas o pênis se contraiu ao discordar.

— Está bem. Promete que vai ficar?

O fato de ela ter que perguntar aquilo novamente quase o matou. Mas, considerando como Max tratara as coisas no passado, não deveria estar surpreso. — Prometo.

Max ficou deitado no escuro, ouvindo a respiração de Mia ficar mais regular e profunda. O corpo dela ficou totalmente solto em seus braços e ele se forçou a relaxar.

Ele achou que não conseguiria dormir naquela posição desconfortável, mas conseguiu. E acabou sendo o sono mais restaurador e pacífico que tivera em muito tempo.

Capítulo 3

— Você não vai parar de olhar e finalmente comprar alguma coisa? — comentou Max com um sorriso, acompanhando os passos dela ao andarem de mãos dadas pelo *shopping center*. — Você está só olhando há mais de uma hora.

Mia saíra do hospital dois dias antes e perambulara pela casa imensa sentindo-se perdida, imaginando o que realmente deveria estar fazendo. Ela desenhava joias e tinha uma oficina em casa, mas Max insistira que relaxasse e tentasse não se forçar a começar a trabalhar imediatamente. Entrar na oficina parecera algo um tanto estranho, desconfortável. Além do mais, ela não se sentia criativa. Havia muito pouco a fazer, exceto tentar descobrir exatamente por que se sentia tão diferente, o que acontecera para causar aquele buraco negro enorme que se transformava em um grande vazio no passado. Tudo era o mesmo, mas ela estava muito diferente. Em um momento, parecia como se a vida de casada com Max nunca tinha sido interrompida. Mas, em outros, parecia como se houvesse um oceano entre eles e ela conseguia realmente sentir quanto tempo se passara, o quanto os dois tinham mudado.

Ela olhou para Max e sorriu de volta para ele, sentindo o fôlego faltar ao encará-lo. Ele estava vestido casualmente, tão masculino e tão incrivelmente perfeito que ela queria simplesmente ficar parada absorvendo-o. *Esta é uma coisa que não mudou. Ainda mal consigo respirar quando estou perto dele.*

— Tudo é tão caro aqui — respondeu ela, perguntando a si mesma quando começara a se preocupar com preços.

— Acho que eu consigo pagar — respondeu Max com uma risada.

Mia suspirou ao absorver o som da risada dele, algo que sempre fizera seu coração saltar. Exceto que, agora, fazia com que parecesse um martelo. De alguma forma, cada momento com Max era agora muito mais intenso, mais importante. Não que o que sentia por ele não tivesse sido sempre algo poderoso. E sempre soubera que seu amor por Max era muito mais intenso que o que ele sentia por ela. Ah, ela sabia que ele a amava, mas Max era quase uma obsessão para ela, um amor louco do qual sabia que nunca se livraria. Mas era... bem... ele era Max e não fazia nada que fosse extremo.

Ela deu de ombros ao responder: — Só que parece ridículo pagar centenas de dólares por uma calça *jeans*. Por quê?

— Por quê, por quê, por quê? Você ainda é a mulher mais inquisitiva que já conheci e acho que essa ainda são as suas palavras favoritas. — O olhar dele a devorou de forma amorosa e com uma expressão divertida.

— É só que não faz sentido — disse ela em tom defensivo, imaginando se as mudanças em sua personalidade o desagradavam. Ela não sabia de onde algumas delas vinham. Apenas se sentia... peculiar, como se fossem duas mulheres no mesmo corpo.

Max parou e empurrou-a de leve para fora do trânsito de pessoas do corredor, perguntando curioso: — O que aconteceu com a mulher que comprava roupas sem nem mesmo olhar para a etiqueta de preço? — Ele colocou a mão na parede ao lado da cabeça dela e ergueu-lhe o queixo para que o encarasse. — Eu sou rico, Mia. Incrivelmente rico. E, por isso, você também. O fundo de sua avó só cresceu enquanto você esteve fora. Você nunca tocou em um centavo dele.

Mia balançou a cabeça confusa. — Eu sei disso. Não sei por que me sinto assim. Eu sei como eu me sentia, era eu mesma. Era quem eu era. Agora, não sei mais quem eu sou. — Ela piscou algumas vezes para impedir que as lágrimas escorressem, sentindo-se perdida, como se nunca mais fosse capaz de encontrar a mulher que Max amava.

— Tenho a sensação de que deveria fingir ser como era porque você me amava daquele jeito.

— Eu. Ainda. Amo. Você — respondeu Max. Os músculos do maxilar se contraíram e os olhos ficaram tempestuosos. — Foda-se. Você acha que me importo com seus hábitos de compra?

Mia o encarou, incapaz de afastar os olhos da expressão selvagem dele. Max parecia primitivo e faminto, feral e perigoso. Fascinada, ela observou os belos olhos cor de mel irradiarem uma intensidade ardente que nunca vira antes no rosto do homem que amava. Ela podia não achar que era a mulher por quem Max se apaixonara, mas ele também mudara. Ela notara a diferença. O problema era que ele era ainda mais excitante assim.

— Você falou aquela palavra de novo — balbuciou ela, incapaz de pensar em outra coisa para dizer. Ela sentiu um calor invadi-la. Tudo o que queria era que ele a tocasse, com uma necessidade quase insuportável. Max sempre fora um amante incrível, generoso e gentil, sempre levando-a ao clímax antes de satisfazer a si mesmo. Mas ela nunca o vira daquele jeito: estava faminto e ela era a única presa que ele queria devorar.

Ele se aproximou ainda mais, até que ela sentiu o hálito quente no rosto. — Você se incomoda se eu falar palavrões? — perguntou Max com voz rouca perto de seu ouvido, fazendo-a estremecer.

— Não — respondeu ela com sinceridade. Na verdade, a forma como ele o dissera a deixara em chamas. A mente criou imagens de Max não só dizendo aquela palavra, mas colocando-a em prática com ela. Ele não a tocara de forma sexual nos dois dias desde que voltara para casa e Mia começava a achar que Max não a desejava mais. Achava que o corpo mais magro, os cabelos curtos, a aparência mais rude e a personalidade diferente o desagradavam.

— Ótimo. Então foda-se, não me importo — sussurrou ele contra seus lábios antes de colocar a boca sobre a sua com tanta força que a fez gemer.

Max não a beijou, ele a devorou. Mia gemeu quando a boca de Max conquistou a sua, passando os braços em volta do pescoço dele para se manter de pé quando os joelhos fraquejaram e o corpo estremeceu. Ela passou os dedos pelos cabelos curtos, envolvida em uma paixão tão intensa que teve vontade de colocar as pernas em volta da cintura dele e deixá-lo possuí-la ali mesmo. Ele exalava um poder avassalador e ela estava mais do que disposta a se submeter àquele Max selvagem.

Ele colocou uma mão na nuca de Mia para impedir que ela batesse a cabeça na parede, enquanto a outra segurava-lhe o traseiro, puxando-a mais para perto. A língua dele entrava e saía de sua boca, imitando o ato que ela queria tão desesperadamente.

Ela gemeu quando Max afastou os lábios, sentindo a respiração ofegante dele perto do ouvido. — Merda. Estamos no meio de um maldito *shopping center* e estou pronto para arrancar suas roupas e fazer amor com você cegamente aqui mesmo. — E ele não parecia nada feliz com aquilo.

— Achei que você não queria mais — admitiu Mia em tom suave, ainda atordoada.

— Ah, eu quero, sim. Você não tem ideia das coisas que quero fazer com você. Só não sei se está pronta para isso. Eu lhe disse que mudei, Mia. E não sei se consigo mais me controlar. — Ele ergueu a cabeça e encarou-a com olhos torturados.

Ela passou a mão no rosto dele, adorando a textura áspera da barba por fazer. — Então não se controle. — *Meu Deus...* se o que acabara de acontecer era o que a esperava, aceitaria de bom grado a versão bruta de Max exatamente da forma como era. Aquele era um homem que podia chegar a extremos e ela queria aquilo mais do que jamais imaginara. — Eu preciso de você.

Mia observou o rosto de Max enquanto ele lutava consigo mesmo. Conseguia sentir a hesitação dele, mas, se a expressão animal que via era indicação de alguma coisa, o desejo de fazer sexo com ela estava ganhando.

Ele pegou a mão dela e puxou-a de volta para o tráfego de pessoas.
— Estou perdendo o controle — resmungou ele, levando-a até uma
loja da moda com preços moderados. — Encontre alguma coisa.
Afaste-se de mim, Mia, antes que eu envergonhe nós dois — disse
ele em tom baixo e firme ao soltar a mão dela e sentar-se em uma
cadeira perto da porta.

Mia sabia que ele queria distância, mas estava relutante em
concordar. Não queria que ele recuperasse o controle. O que realmente
queria era explorar esse Max diferente, descobrir o quanto ele poderia
queimar. Mas estavam em um *shopping center,* com centenas de
pessoas à volta, e ele já se sentia constrangido por tê-la beijado daquela
forma contra uma parede.

*Eu o queria tão desesperadamente que não me importei. Eu o
deixaria me possuir onde quisesse, pois esqueço de tudo quando
ele me beija.*

Ela sentiu o rosto quente ao observar os agentes de segurança de
Max que os seguiam se sentarem em outras cadeiras livres ao lado
da porta.

*Ah, meu Deus, eu me esqueci deles. Esqueci de todo mundo.
Estava consumida demais por Max.*

Sem dúvida, os agentes provavelmente tinham virado de costas e
protegido os dois, mas ainda era um pouco constrangedor lembrar que
estavam sendo seguidos e vigiados enquanto ela e Max se agarravam
em um local público.

*E estamos tentando evitar a atenção da imprensa? Parabéns,
Mia. Excelente forma de evitar que seja notada. Não é surpresa
que Max estivesse tentando recuperar o controle.*

Indo até a área de roupas casuais, Mia selecionou várias calças
e camisetas, forçando-se a não verificar as etiquetas de preço
desta vez. Ela precisava de algumas roupas que servissem, mas a
maioria era grande demais para o corpo magro. Franzindo a testa ao
reunir o que queria, ela admitiu para si mesma que provavelmente
conseguiria usar aquelas roupas muito em breve. Max a alimentava
constantemente, como se estivesse tentando compensar algum tipo

de privação. Obviamente, ela não passara por privação alguma. Estava mais magra, mas certamente não passara fome.

Max a encontrou no caixa, com um humor impenetrável, e entregou silenciosamente o cartão de crédito para o atendente. Mia se aproximou das sacolas, mas Max, depois de receber o cartão de volta, conseguiu chegar primeiro, pegando as compras com uma das mãos. Em seguida, segurou a mão dela, apertando-a gentilmente ao saírem da loja.

— Você está chateado por causa do que aconteceu? Sei que odeia exibições de afeto em público — perguntou ela em tom curioso ao andarem em direção à entrada principal do prédio.

— Claro que não, não estou chateado. Estou furioso — respondeu ele.

— Por quê? — perguntou Mia surpresa. Max raramente ficava furioso.

— Porque não pude terminar o que comecei — resmungou ele, mas em um tom ligeiramente divertido. — Você não tem ideia de como chegou perto de ser atacada contra a parede por seu marido desesperado.

— Podíamos ter usado o vestiário — comentou ela, implicando com ele. Ver Max querê-la tanto era como um afrodisíaco potente que fazia com que o corpo doesse com a vontade de tê-lo dentro de si. Em qualquer lugar. Em qualquer momento.

Max olhou para ela irritado enquanto segurava a porta para que Mia saísse. — Só agora você me diz isso.

— Você teria aceitado? — perguntou ela curiosa, fascinada pelo desejo do marido.

— Em um piscar de olhos, se tivesse pensado nisso — respondeu ele com voz rouca e faminta. Segurando a mão dela, Max começou a andar em direção ao carro, com os seguranças a uma certa distância.

— De qualquer forma, não poderíamos ter feito nada — disse Mia um pouco triste. — A não ser que você tenha uma camisinha no bolso.

Max a olhou com expressão perplexa. — Por quê? Nunca precisamos de camisinha.

Mia olhou para o chão, sentindo o rosto quente de vergonha. — Porque não sabemos o que aconteceu comigo, Max. Você não tem ideia do que poderia acontecer.

— Tem receio de ter sido infiel? — perguntou Max hesitantemente.

— Não — murmurou ele. — Seja lá o que for que aconteceu, eu me conheço, talvez melhor do que jamais conheci, e nunca tive nenhuma vontade de ter outro homem que não fosse você. Eu o amo da mesma forma que você me ama. Mas não sabemos se eu fui sequestrada ou... — Mia teve dificuldade em dizer a última palavra, mas cuspiu-a mesmo assim — estuprada. Não posso colocar você em perigo, Max. Não até que eu saiba com certeza exatamente o que aconteceu. Vou procurar meu médico e fazer um *check-up*, mas preciso recuperar a memória.

Max apertou a mão dela, detendo-a ao lado do carro. — Você recuperará. Querida, você sabe que, se alguma coisa aconteceu, matarei quem fez isso. E não fará a menor diferença em relação ao que sinto por você. Diga que sabe disso. — O olhar dele estava suplicante e atormentado.

— Se aconteceu, não foi por opção minha — disse ela com a voz embargada de emoção. — Eu amo você, Max. Amo tanto que chega a doer. Sinto arrepios de nojo só de pensar em estar com outra pessoa.

Max ergueu-lhe o queixo para encará-la com expressão repleta de emoção. — Você ficará comigo.

— Não consigo. — Ela sentiu o coração apertado por ele. *Preciso me lembrar.*

— Vou esvaziar o estoque de camisinha de todas as farmácias de Tampa e dos arredores — disse ele com sinceridade, abrindo um sorriso malicioso que fez o coração dela saltar.

Ele estava tentando distraí-la do que podia ter acontecido, levá-la de volta a um assunto mais alegre... e deu certo. Max era irresistível quando fazia brincadeiras, coisa que acontecia muito raramente. Ela se perdeu no sorriso dele. — Isso é um pouco ambicioso, não acha?

— Nem um pouco — respondeu ele arrogante. — Acho que talvez eu precise mandar buscar em outras cidades.

Meu Deus, ela amava aquele homem. E amava a forma como ela a amava agora. Ou a forma como sempre devia tê-la amado, mas nunca demonstrara até recentemente. — Está pensando em terminar o que começamos no *shopping*?

— Sim. E depois começar tudo de novo — respondeu ele com voz grave, baixa e sensual.

Lembrando-se do abraço dominante e descontrolado de Max, Mia disse: — Mais tarde. Você certamente pode terminar aquilo mais tarde.

— Pode contar com isso — retrucou Max em tom baixo e perigoso.

Mia sentiu as entranhas se contraírem e a calcinha ficar ainda mais molhada. Max sempre fora um homem de palavra. Se dizia alguma coisa, pretendia cumprir. Ele podia estar diferente, mas Mia sabia que aquilo nunca mudaria.

Graças a Deus!

— Não consigo encontrar minha aliança. Procurei em toda parte — murmurou Mia baixinho quando ela e Max estavam jantando naquela noite. Max encomendara o jantar em casa, comida italiana do restaurante favorito dela.

— Você devia estar usando a aliança quando desapareceu. Ela não ficou aqui — respondeu Max, olhando para ela ao largar o garfo no prato vazio.

Mia viu a dor nos olhos dele, o que quase a fez chorar. Obviamente ele notara que ela não estava usando a aliança, mas não dissera nada. — Se eu estava usando a aliança, por que teria tirado? Eu nunca a tirava.

— Eu sei — respondeu ele em tom sombrio. — Também me perguntei a mesma coisa.

Frustrada, Mia colocou o guardanapo sobre o prato vazio e pegou a taça de vinho. Ela tomou um gole, tentando desesperadamente se lembrar do que acontecera, buscar lembranças, qualquer informação sobre os anos anteriores. Como sempre, não conseguiu ver nada além de um espaço vazio, como se tivesse dormido durante aquele tempo. — Não consigo me lembrar — admitiu ela baixinho, querendo desesperadamente saber o que acontecera. Ela precisava saber. Max também. Obviamente, a incerteza assombrava os dois. — Diga-me o que aconteceu depois que eu desapareci. Havia alguma pista de para onde fui, do que fiz?

— Não — respondeu Max sombriamente. — A última coisa de que você se lembra aconteceu uma ou duas semanas antes de desaparecer.

— Ele parou de falar e pegou a cerveja, tomando um gole antes de continuar: — Não estou completamente certo de que dia você desapareceu. Encontrei suas coisas na praia no dia em que voltei para casa depois de uma viagem de negócios de dois dias. Pode ter sido no dia em que parti ou no dia seguinte. Cheguei em casa tarde. Odiei a mim mesmo por ter ido naquela viagem.

Ele parecia atormentado e ela odiou aquilo. — Max, não foi culpa sua. Você estava considerando se candidatar à política e tinha negócios fora da cidade...

— Era tudo enrolação, tudo. Eu não queria ser político e poderia ter deixado a maior parte das viagens para a administração superior. Eu era um maldito covarde, Mia. Fiz aquelas viagens para dar um tempo a nós dois. — Depois de terminar a cerveja, ele se levantou abruptamente e foi até a geladeira buscar mais uma.

Mia sentiu a mão trêmula ao pegar a taça e tomar um longo gole. Ele precisava de um tempo? Quisera terminar o casamento? — Eu estava sufocando você porque o amava demais? — Era uma pergunta difícil de fazer, mas ela precisava saber. Max fora seu mundo inteiro desde que se conheceram e talvez isso fora demais para ele. Ela tinha a tendência a ser um pouco extrema em tudo o que fazia, enquanto Max era exatamente o oposto. Talvez não conseguisse aguentar a intensidade dela por longos períodos, apesar de ela ter tentado se conter por causa dele para não espantá-lo.

Max girou a tampa da cerveja, soltando uma risada dura, e jogou-a na lata de lixo. — Não era você. Era eu. Eu queria ser sufocado por você. Queria ser o único homem que você via, o único homem que existia em sua vida.

— Mas, Max, você era...

— Não era suficiente — retrucou ele ao se sentar novamente, encarando-a com um olhar possessivo que Mia nunca vira. — As coisas que eu queria não estavam certas na mente. Meu pai amou minha mão e tratou-a com gentileza e devoção. Apesar de também sentir essas coisas, havia essa obsessão total que eu não achava ser certa nem natural. Você é minha esposa, uma mulher que merece meu respeito. Nunca quis que você me deixasse. Não queria afastá-la agindo como um lunático. A forma como eu me sentia não era racional. Eu queria matar todos os homens que olhavam para você. *Ah, meu Deus.* Ele se sentia da mesma forma que ela e não conseguira lidar com isso. O amor maluco, o desejo insano de arrancar as roupas dele e fazer sexo selvagem até que estivessem tão saciados que não conseguissem se mover. Max, o marido sensato e equilibrado, o amante gentil, realmente sentia as mesmas emoções desenfreadas. Só não quisera que ela soubesse.

— Então, você é, na realidade, um macho dominante dentro do armário? — perguntou ela, estremecendo ao observar o rosto dele. As emoções turbulentas faziam com que os pontos dourados dos olhos de Max brilhassem enquanto ele a encarava como se quisesse devorá-la. Um calor a invadiu quando ela o viu lutar contra si mesmo, torcendo secretamente para que o macho alfa se libertasse. Apenas uma vez... ela gostaria de vez Max perder totalmente o controle. Aquilo o tornaria mais humano, mais real.

Se essa é uma parte de Max que ainda não vi... que venha!

— Acho que estou além disso e não acho que ainda esteja no armário. E ainda sou perfeitamente racional com tudo e com todos, exceto você, que é a única mulher que já me fez sentir isso — resmungou ele com o rosto úmido de suor.

Mia tentou esconder a vontade que tinha certeza de que estava aparente no rosto. O que realmente queria era se sentar no colo dele e fazê-lo perder completamente o controle. O poder feminino que tinha sobre ele foi subitamente uma sensação estonteante. Aquele homem, que significava o mundo para ela, a queria acima de tudo, acima de qualquer outra mulher. E ela sabia que poderia fazê-lo perder o controle. Mas Max lhe confiara seus sentimentos e ela não os usaria contra ele em um momento em que estava vulnerável, lutando contra si mesmo. Ela o amava demais. Havia uma guerra no momento entre o que os pais tinham lhe ensinado e o que ele sentia.

Mia sentiu uma felicidade estonteante ao saber que ele sentia o mesmo que ela, que seu amor não tinha nada de morno, tépido, controlado e são. Agora, parecia quase ridículo que nunca tivessem revelado a intensidade das emoções por medo de perder a pessoa que amavam ao ponto da insanidade. — Você pode ser quem realmente é comigo, Max. Nunca deixarei de amá-lo.

— Acho que esse é o problema. Eu nunca estive realmente vivo até conhecer você. Fui o cara que nunca perdeu a razão, que nunca deixou que as emoções ficassem no caminho dos negócios e fui praticamente indiferente a tudo. A única coisa que eu queria era ser um bom filho para meus pais adotivos porque eles me deram muita coisa. Acho que eu precisava ser uma imagem deles, agir como um Hamilton, compensar o fato de não ser filho legítimo deles. Nem sei quem eu era — admitiu Max.

— E você sabe quem é agora? — perguntou Mia baixinho, amando-o ainda mais por conseguir se abrir com ela.

— Não completamente — disse ele, suspirando. — Mas posso garantir que não sou indiferente, especialmente em relação a você. Sei exatamente o que sinto por você. Sempre soube. Só não tinha certeza se você conseguiria lidar com isso.

— Eu consigo — disse ela enfaticamente. Tentando dar a ele um pouco de tempo, ela afastou o olhar e perguntou calmamente: — Conte-me o que aconteceu quando descobriu que eu tinha desaparecido.

Max respirou fundo antes de responder. — Obviamente, houve uma busca extensa, mas só durou cerca de uma semana porque não havia pistas. Depois disso, eles estavam convencidos de que você tinha se afogado ou que havia apenas um suspeito possível se tivesse sido assassinada. Eles não estavam investigando outras possibilidades porque nada mais fazia sentido.

— Quem? — perguntou ela confusa.

— Eu — respondeu ele com voz baixa e rouca. — Quando uma mulher sem inimigo algum desaparece completamente, o suspeito comum é o marido.

— Ah, meu Deus. Max, eu sinto tanto. — Devia ter sido horrível para ele, ser suspeito de assassinar a própria esposa. — Não havia motivo, nenhuma razão para suspeitar de você.

Max deu de ombros. — Crime passional? Outra mulher? Outro homem? Dinheiro? Acredite, eles investigaram todas as possibilidades, vasculharam todos os registros para garantir que eu não tivesse feito nada a você por algum desses motivos. Quando finalmente decidiram que eu não era culpado, supuseram que você tinha se afogado. Disseram que não tinham suspeita de que tivesse sido um crime. Nunca houve pedido de resgate, nenhum motivo para acreditar que você tivesse sido sequestrada. Não houve atividade em nenhuma de suas contas. Foi como se você tivesse simplesmente sumido.

Os olhos de Mia se encheram d'água ao observá-lo se esforçar para declarar de forma impessoal aqueles fatos quando, obviamente, sofrera muito. Se as posições tivessem sido invertidas, ela não sabia se conseguiria se manter sã. — A imprensa deve ter sido horrível.

— Por sorte, eu fui poupado dessa parte. Mantiveram a investigação em segredo. Eu cooperei, dei a eles tudo que queriam.

Sem saber o que fizera, Mia odiou a si mesma por fazê-lo passar por aquele inferno. Max era um homem orgulhoso e íntegro, e ter que abrir mão de tudo o que era por causa da investigação devia ter sido algo destruidor. Fechando os olhos para impedir que as lágrimas escorressem, ela sussurrou: — Eu queria muito lembrar. Eu queria saber por que fiz isso com você.

Max se levantou da cadeira e pegou-a nos braços, sentando-se novamente com ela no colo. — Ei, não chore. Você não sabe qual foi o motivo nem o que aconteceu. Não se culpe. Eu sobrevivi. Você está aqui agora. É tudo o que importa para mim.

Abrindo os olhos, com as lágrimas escorrendo pelo rosto, ela perguntou: — Por que ainda está usando a aliança? Você deve ter perdido a esperança, achado que eu estava morta. — Ela levantou a mão dele, correndo o dedo pela aliança de platina e sentindo-se perdida sem a própria aliança. Claro, era apenas um objeto, mas era um símbolo de seu amor por Max, e ela sentia falta do peso no dedo. O dia do casamento fora o dia mais feliz de sua vida e a perda da aliança quase a matara.

Enterrando os dedos nos cabelos de Mia, ele inclinou-lhe a cabeça para trás ao dizer roucamente: — Eu nunca perdi a esperança. Logo depois que desapareceu, fiz uma promessa a você de nunca desistir. Eu não podia. No meu coração, nunca aceitei que estivesse morta. Acho que pensei que, se realmente estivesse, eu sentiria.

Mia soltou um soluço ao olhar para a expressão ardente de Max. *Por quê? Qual pode ter sido o motivo para que eu tenha feito com que ele passasse por isso?*

Ela se lembrava da vida com ele até cerca de uma semana antes de desaparecer. Os dois se escondiam, com receio de revelar certas partes de si mesmos. Mas tinham se amado e nunca, nem uma única vez, houvera alguma vontade de trair ou deixar Max por qualquer motivo que fosse.

Agarrando-se à camiseta dele enquanto chorava, ela conseguiu dizer em voz angustiada: — Eu quero me lembrar. Preciso saber o motivo.

Max agarrou os pulsos dela e colocou-lhe as mãos em volta do próprio pescoço. As ações foram gentis, mas a voz estava dura. — Pare com isso, Mia. Pare de fazer isso consigo mesma. Você se lembrará e tudo ficará bem.

Ela estremeceu ao parar de lutar, deixando as emoções de lado e deitando a cabeça no ombro largo de Max. A boca ficou perto da pele nua do pescoço dele e ela inalou profundamente, deixando que o aroma masculino e sensual a envolvesse. No momento, ela estava segura nos braços de Max. Infelizmente, por algum motivo, não compartilhava completamente o otimismo dele. Alguma coisa, algum sexto sentido lhe dizia que, apesar de precisar se lembrar, as coisas não ficariam bem. Alguma coisa estava errada, muito errada. Ela só esperava que, quando o buraco nas lembranças fosse preenchido, aquele conhecimento não os destruísse.

Duas mulheres no mesmo corpo. A única coisa que ela podia esperar era descobrir quem realmente era e qual das duas era a verdadeira Mia.

Capítulo 4

Mia parou no meio da escada elegante da casa, com uma toalha e um cobertor na mão, para ouvir a música poderosa que saía do piano de cauda. Apesar de identificar imediatamente os dedos habilidosos de Max, a violência da música a envolveu, detendo seu avanço na escada para escutá-la.

Max sempre fora um pianista excelente, algumas vezes tocando os trabalhos dos mestres, mas, de vez em quando, trabalhando em uma composição própria. Ela não reconheceu aquela música e soube instintivamente que era um trabalho dele. A melodia era bela de uma forma dolorosa e assombrosa, mas transformou-se em um crescendo violento, até que o corpo inteiro de Mia ficou trêmulo com a intensidade. Sentando-se em um dos degraus, ela se agarrou a uma das madeiras do corrimão e encostou a cabeça nele, sentindo as lágrimas encherem-lhe os olhos enquanto o marido colocava a alma na música. Mia sentiu todas as emoções: amor, frustração, solidão, desespero. Todas elas se misturavam e giravam, causando as mesmas emoções em seu coração que ele sentia na música.

Tucker se deitou ao lado dela, deitando a cabeça em seu colo. Mia o acariciou de forma distante, adorando a sensação da companhia canina. — Alguma coisa está errada, Tucker — sussurrou ela, desejando que o cão pudesse falar. Tucker sempre tivera um instinto estranho, como se soubesse que alguma coisa estava errada. Naquele momento, ele tentava confortá-la. Ela acariciou a barriga dele, sentindo-se melhor por tê-lo como amigo. — Ele tocou desse jeito enquanto eu estava longe? — perguntou ela baixinho ao cachorro, sorrindo quando Tucker lhe lançou um olhar compreensivo.

Max e Tucker tinham criado uma ligação e, apesar de o cachorro ainda procurá-la para receber a dose diária de afeição, parecia também ser leal a Max. Sentando-se novamente, o cão olhou para ela de forma inquiridora.

— Vá até ele — disse ela ao cachorro, sabendo que Tucker estava dividido entre os dois, que também estavam confusos e precisavam da companhia do animal.

Com uma lambida final na mão de Mia, Tucker desceu a escada e foi para a sala de música. Mia sabia, de observar o marido e o cachorro juntos, que Tucker se deitaria aos pés de Max, sem esperar uma grande quantidade de afeto. Mas Tucker parecia contente ao simplesmente dividir o espaço com o homem que lhe dera comida, água e cuidados durante os anos anteriores.

A música parou com uma nota final destoante e ao silêncio se seguiu o barulho de dedos brincando sobre as teclas. Mia respirou fundo, atônita com a composição volátil. Max normalmente tocava com muita habilidade, fazendo com que o piano cantasse, mas ela nunca sentira tanta emoção pulsando na música dele.

Subitamente, ela se deu conta de que nunca fizera muito além de arranhar a superfície das emoções de Max. Ele sempre fora muito controlado e sensato em todos os aspectos da vida. Ela nunca olhara mais fundo, com medo de não ver o que precisava encontrar tão desesperadamente.

Ela se levantou e andou até as portas da sala de jantar que levavam ao exterior no momento em que Max começou a tocar Mozart, voltando a ser controlado e absolutamente perfeito.

Ela suspirou quando o ar úmido e quente atingiu o corpo seminu. Ela encontrara um biquíni antigo e vestira-o, colocando por cima uma das camisetas de Max. A água estava convidativa e ela desceu a escada que levava à praia, dois degraus de cada vez, ansiosa por sentir a água acariciando-lhe a pele. Ao passar, a luz do pórtico se acendeu. Estava escuro, mas, com a luz da lua, das estrelas e do pórtico, seu local favorito se transformou em um paraíso com iluminação suave. Estendendo o cobertor na areia, ela inspirou o ar marinho. Queria pedir a Max que a acompanhasse, mas eles tinham se separado depois do jantar. Ele fora para a sala de música e ela subira para o segundo andar para procurar novamente a aliança. Como não a encontrou, Mia se sentiu deprimida e confusa. A aliança fora roubada, tirada dela? Não havia outra forma de ter saído de seu dedo. Ela precisava relaxar, tentar esquecer por alguns momentos como sua vida mudara e lidar com o buraco imenso em sua existência.

Tirando a camiseta e largando-a na areia, ela foi em direção à água, tentando deixar os pensamentos confusos para trás.

No momento em que Max percebeu que Mia não estava na casa, ele entrou em pânico. Ele fora ao segundo andar para procurá-la, mas não a encontrou em lugar algum.

— Mia — chamou ele, conferindo todos os aposentos no andar inferior ao chamar o nome dela. — Ela está aqui, em algum lugar. Tem que estar — sussurrou ele para si mesmo ao perceber que todos os aposentos estavam vazios.

Entrando na sala de jantar, ele viu a luz do pórtico acesa e a porta entreaberta. — Não. Merda. Não — disse Max em voz rouca e desesperada. Abrindo a porta com um chute, os olhos varreram a praia e o que ele viu fez com que o coração batesse mais forte. O suor se formou no rosto quando ele desceu a escada e correu pela areia. — Não, pelo amor de Deus, não.

Ele viu a cabeça dela mergulhar e jogou-se nas ondas, sem se preocupar com as roupas. O *jeans* da calça o deixou mais lento, mas o horror e o medo fizeram com que ele nadasse na direção dela como um louco. A cabeça de Mia surgiu ao seu lado e ele passou o braço em volta da cintura dela.

Ele a ouviu gritar, sem reconhecê-lo até que limpasse a água dos olhos. — Max! Merda, você quase me matou de susto. — Ela tentou se soltar do braço dele, mas Max não a largou, mantendo-a firme.

— Saia da água — rosnou ele. Seu corpo inteiro tremia ao empurrá-la em direção à areia. — Agora!

Ele a posicionou à frente, empurrando-a pelas costas em direção à praia. Ela balbuciou ao começar a nadar: — Estou perto da praia, a água mal me cobre — gritou ela enquanto se aproximava da areia.

— Mexa-se. — A ordem foi abrupta e Max não se importou. Ele a queria fora da água, de volta à areia, em algum lugar seguro. Mas que merda. Será que ela não percebia que não podia nadar à noite nem sozinha? Nunca. Ele acabara de consegui-la de volta e não a perderia de novo. Ele odiava aquela praia e não pisara mais nela desde que passara a noite lá mais de dois anos antes, chorando pela primeira e única vez, e acordando para perceber que a esposa podia ter desaparecido para sempre. Ele odiava aquele lugar maldito. Odiava a areia, a água, as lembranças de aquele ter sido o último lugar em que Mia estivera antes de morrer.

No momento em que ela ficou de pé, Max a pegou nos braços e carregou-a até o cobertor na praia. Em seguida, deitou-a e ficou sobre ela, sem fôlego, mais de medo e horror de vê-la na água do que de cansaço. Ele queria... não, precisava que ela obedecesse. Max não se importava se não conseguisse mais esconder as emoções. Tê-la sob si, à sua mercê, era exatamente do que precisava e adorou a sensação. A adrenalina ainda corria por suas veias quando ele prendeu-lhe as mãos sobre a cabeça, incitando-o a tomar o que era seu.

— Minha. — A voz dele era primitiva e animal. O pênis pressionava o tecido molhado da calça.

A luz estava fraca, mas ele ainda conseguia ver o rosto dela, que não parecia nem um pouco assustada. Ela o encarou com um olhar sensual, excitado, o que o deixou ainda mais próximo da insanidade só de saber que Mia o queria assim. Ela não lutou. Em vez disso, relaxou, esfregando-se nele tão docemente que ele perdeu o controle, fazendo com que todos os instintos possessivos e dominantes que mantivera contidos desde o momento em que a conhecera explodissem como se um botão de liberação tivesse finalmente sido pressionado. Nunca mais ele conseguiria guardar novamente aquelas emoções. Max Hamilton finalmente perdeu o famoso controle e a sensação foi incrivelmente fantástica.

— Max? — sussurrou Mia, observando as emoções turbulentas que passavam pelo rosto do homem acima dela. Ela sentiu o calor invadi-la quando ele a reclamou com uma palavra. A expressão feroz a advertiu de que ele estava pronto para cumprir tudo o que dissera mais cedo.

— Você nunca mais colocará os pés nesta praia. Nunca. Eu odeio este maldito lugar — disse ele veementemente. A água escorria do rosto e dos cabelos de Max, a expressão dele era ardente e a respiração entrava e saía dos pulmões tão depressa que ele parecia ofegante.

Mia não tinha dúvidas do que causara aquela reação. Aquela era a praia de onde ela desaparecera. Ele estava assustado por causa dela. Mas ela amava aquela praia e não faria promessas que não poderia cumprir. — Vou vir sempre acompanhada. Prometo. Você sabe que eu adoro esta praia — implorou ela.

— Eu a odeio — retrucou ele.

Muito bem. Então, ela faria com que ele tivesse lembranças melhores a partir daquele momento. — Solte-me. Deixe-me tocar em você — sussurrou ela.

— Não. Vou trepar com você. Aqui. Agora. — Ele se inclinou para a frente e sussurrou em seu ouvido: — Vou chupar você primeiro até que implore para que eu a penetre. E depois vou trepar com você até que peça misericórdia, querida.

Puta merda. Ela já estava pronta para implorar. O Max frio e controlado que conhecia estava prestes a se soltar. Isso a fez questionar tudo o que sabia sobre ele, o quanto realmente conhecera o próprio marido. Ele era disciplinado e composto, até mesmo ao fazer amor. Mas não parecia nem um pouco contido naquele momento. Parecia selvagem, com toda a ferocidade concentrada nela. — Camisinha — lembrou ela. — Precisamos de camisinha.

Colocando a mão no bolso da calça molhada, ele tirou várias camisinhas, preservadas da água por causa da embalagem, e largou-as na areia. — Foi a minha primeira prioridade — respondeu ele.

Ela sentiu as entranhas se contraírem e não conseguiu se conter, dizendo: — Ótimo. Então trepe comigo. E faça com que eu goze — desafiou ela, sabendo exatamente o que dizer para provocá-lo.

Aquilo não era algo que ela diria normalmente, mas sentiu-se bem ao fazê-lo. Ela nunca dissera nada parecido durante o casamento porque Max não fazia isso. Mas Mia não parecia mais ter problema algum em falar assim.

Duas mulheres no mesmo corpo... de novo.

— Querida, não há dúvida alguma de que você vai gozar. E gritará meu nome quando isso acontecer — prometeu ele.

Mia olhou para a expressão feroz dele, achando que provavelmente seria melhor contê-lo. Ele estava reagindo ao medo e à ansiedade, pois o desaparecimento dela o deixara fora de si. Mas, meu Deus... ela o queria daquele jeito. Ele estava agindo de forma primitiva, masculina e perigosa, um lado diferente de Max que ela não sabia que existia sob o exterior suave. E era algo completamente irresistível. Ela não estava com medo algum dele. Max nunca a magoaria. Na verdade, ela estava tão excitada que o corpo inteiro queimava, tão pronta para ele que precisava que a penetrasse imediatamente. — Eu não grito — relembrou ela em tom tranquilo, apesar de as emoções estarem descontroladas.

— Mas gritará — respondeu ele, com a voz tão rouca e determinada que Mia sentiu o corpo inteiro vibrando. — Não se mexa — exigiu ele ao soltar seus pulsos. Max tirou a camiseta encharcada, revelando um corpo incrível que não mudara muito nos anos anteriores. Max Hamilton tinha um corpo incrível, que frequentemente ficava escondido sob um terno, com todos os músculos bem definidos devido aos exercícios diários. Ela teve vontade de lamber cada centímetro do peito musculoso e do abdômen definido, para depois seguir a trilha de pelos que descia do umbigo e desaparecia de forma provocante na cintura da calça.

Ela não gritava. Sempre se preocupara que Max pudesse sentir repulsa pela reação primitiva dela ao ato sexual. Sempre tentara ser a mulher elegante que achara que Max queria como parceira, uma mulher de quem se orgulharia de ser casado. Lentamente, ela se transformara na mulher que achava que ele queria e precisava, tentando desistir do comportamento muitas vezes impulsivo para agradá-lo. Ainda não conseguira, mas estivera trabalhando nesse sentido. Pelo menos, até desaparecer.

— Você realmente quer que eu grite? — perguntou ela trêmula, subitamente confusa por aquele Max que não conhecia, mas que a deixava intrigada.

Agarrando a frente do biquíni, ele arrebentou com facilidade a cordinha entre as duas partes, deixando os seios nus sob o ar noturno. Os mamilos estavam duros e sensíveis, ansiosos pelo toque dele. Ela gemeu quando Max segurou-lhe os seios nas mãos, massageando os mamilos com os polegares.

— Ah, isso, sim. Pode gritar, gemer, implorar, gozar para mim — disse ele com expressão intensa ao observar as mãos sobre os seios de Mia. — Quero ouvir você.

— Estamos do lado de fora — disse ela, ofegando com as carícias nos mamilos rígidos.

— Quer que eu pare? — perguntou ele gentilmente ao se afastar, sentando-se sobre as coxas dela e abaixando a cabeça até seus seios. Com o toque dos lábios e da língua dele, ela se sentiu completamente perdida. — Não. Por favor. — Os braços se moveram involuntariamente e as mãos agarraram os cabelos dele. — Preciso de você, Max. Agora.

— Você é tão linda — murmurou ele contra seus seios ao lamber e sugar um dos mamilos e provocar o outro com os dedos. — Você é minha, Mia. Sempre foi — disse ele ao passar os lábios dos seios para o abdômen dela, criando uma trilha de fogo com a língua.

Pronta para gritar em frustração, ela suspirou quando ele abriu os nós que prendiam a parte debaixo do biquíni, separou-lhe as pernas e posicionou-se entre elas, com a língua ainda lambendo a parte inferior do abdômen.

Um movimento rápido do braço arrancou totalmente a parte debaixo do biquíni e jogou-a para longe na areia, com as cordas arrebentadas.

Mia prendeu a respiração quando os dedos de Max passaram de leve sobre os pelos púbicos cuidadosamente aparados, tão diferentes do passado quando ela optara por uma depilação completa, algo que sempre achara muito parecido com uma sessão de tortura. Obviamente, mesmo sem saber o que acontecera, ela desistira daquele hábito e decidira apará-los.

— Minha. Tão feminina, tão doce, tão deliciosa — murmurou ele, com a boca já bem perto de suas dobras íntimas.

Ela soltou a respiração em um longo gemido, com a sensação dos lábios de Max na carne trêmula e a língua abrindo-lhe completamente, fazendo com que perdesse o controle. Ela não se importava com mais nada além da língua de Max. Queria senti-la sobre o clitóris latejante mais do que precisava respirar. — Ai, meu Deus, Max. Por favor, por favor.

Ele abriu-lhe as pernas um pouco mais, estendendo-a como um banquete. Onde a língua encostava, deixava um rastro de fogo líquido, fazendo com que o corpo inteiro de Mia estremecesse ao devorá-la. Não havia nada da técnica gentil e lenta dele. A fome de Max era insaciável e ele a devorou como um homem faminto que não conseguia se conter.

Em seguida, ele se concentrou no clitóris, mergulhando nas dobras molhadas, gemendo ao colocar dois dedos na abertura contraída. Os músculos internos de Mia se fecharam sobre eles, tentando segurá-los lá, e ela ergueu os quadris para que fossem mais fundo. Mais. Ela precisava de mais. — Max. Por favor.

Ela estava desesperada, totalmente pronta para ser possuída por Max. — Trepe comigo, Max. Por favor.

Ela não aguentaria mais um momento da língua provocante e dos dedos invasores, que agora se curvavam e acariciavam o ponto mais sensível. Claro, ele fizera amor com ela antes, mas, meu Deus, nunca daquela forma, não como um homem em uma missão, ousado, determinado e completamente selvagem. Normalmente, havia preliminares, uma tática que ele usava para deixá-la excitada e pronta. Mas não desta vez.

Mia se sentia como as ondas que quebravam na praia à distância: turbulenta e totalmente incapaz de conter a avalanche crescente dentro de si. Ela gemeu quando Max a penetrou com os dedos, investindo com força, e concentrou-se totalmente no clitóris latejante que implorava sua atenção. Ela mergulhou na sensação, sacudindo com os espasmos que a invadiram ao ter o orgasmo mais intenso que já vivenciara. — Max. Ai, sim, Max. — Ela não se conteve e acabou gemendo e gritando o nome dele enquanto Max prolongava seu prazer usando a língua de forma sensual.

Ofegante, sem dar a ela a chance de se recuperar, Max se levantou e tirou a calça molhada e cheia de areia, juntamente com a cueca. Pegando uma das camisinhas, ele abriu a embalagem com os dentes e vestiu-a. Em um piscar de olhos, estava sobre Mia, posicionando o corpo nu musculoso entre suas coxas. — Acho você a mulher mais sensual do planeta — disse Max com voz rouca. — Ouvir você gemer, gritar meu nome, fazer você gozar. Puta merda, não há sensação melhor no mundo. Exceto, talvez, ter meu pau dentro de você.

Mal recuperada dos efeitos do orgasmo, Mia queria aquele homem novamente. A vontade era profunda, um desejo que transcendia a mera lascívia. Ela precisava ser possuída por ele, consumida. Max era a outra metade de sua alma e ela o queria naquele momento. — Trepe comigo, Max. Por favor.

— Diga que precisa de mim, Mia. Porque eu sei que preciso de você. Preciso saber que você precisa de mim tanto quanto preciso de você agora — disse ele com voz torturada. A boca de Max desceu sobre a dela, impedindo-a de articular as palavras que precisava dizer.

Mia se perdeu em Max, com a língua duelando com a dele em um beijo arrebatador. Passando os braços em volta dos ombros dele, ela sentiu o corpo forte estremecer enquanto a língua de Max entrava e saía repetidamente de sua boca como se precisasse dominá-la, conquistá-la. Ela colocou as pernas em volta da cintura dele, pressionando os calcanhares em seu traseiro para puxá-lo para mais perto.

— Preciso de você. Preciso tanto de você que não aguento — murmurou Mia quando Max afastou os lábios. — Eu amo você, Max. Sempre amei. Sempre vou amar.

Foram as palavras mais verdadeiras que pronunciara. Ela pertencera a Max desde o momento em que se conheceram. Mia saíra correndo de uma cafeteria, com a mente ocupada com as diversas tarefas que teria que fazer naquele dia, quando tropeçara em Max. Literalmente. Derramara o conteúdo do café com leite grande no terno dele e ficara mortificada. Ele rira, o que a conquistara imediatamente. Seis meses depois, tinham se casado. Ela nunca duvidara de que precisava dele, de que o queria. A insegurança residia em ser ou não a mulher certa para ele. Os dois eram totalmente diferentes e o passado de Mia tinha alguns fatos horríveis que ela nunca revelara.

— E eu amo você, minha bela Mia. Nunca mais me deixe sozinho de novo — comandou ele arrogantemente, mas a voz sedosa tinha um toque de vulnerabilidade.

— Não vou. Prometo. Trepe comigo, Max. Não consigo mais esperar. — Ela enlouqueceria se passasse mais um momento sem senti-lo dentro de si.

Max rolou o corpo, colocando os braços fortes em volta da cintura de Mia e levando-a consigo. Em seguida, desceu as mãos para os quadris dela. — Você vai trepar comigo, querida. Quero olhar para você. Quero ver você gozar desta vez.

Ela não hesitou. Agarrando o pênis rígido e latejante, ela se posicionou sobre ele, gemendo ao ser preenchida quase a ponto de sentir dor. Quase. Max era bem avantajado e preencheu-a por completo. Mia o capturou dentro de si. Ela colocou as mãos sobre o peito musculoso dele e não resistiu à tentação de acariciar a pele quente, correndo os dedos sobre os pelos macios e os músculos poderosos dos braços. *Meu Deus, como ele é lindo.*

— Ai, isso. Toque em mim. Faça-me acreditar que está mesmo comigo de novo — pediu Max, segurando os quadris de Mia, erguendo-a ligeiramente e puxando-a novamente para baixo. Repetidamente. — Não. Existe. Sensação. Melhor. — Cada palavra era acompanhada de uma investida poderosa.

Inclinando-se para a frente, sentindo o corpo começar a derreter, Mia colocou as mãos nos lados da cabeça de Max, gemendo enquanto ele controlava o ritmo e a intensidade das investidas. Ela podia estar por cima, mas o marido estava totalmente no controle, penetrando-a de forma implacável, como um homem possuído.

Mia sentiu o orgasmo se aproximar e o corpo inteiro estremeceu.

— Max — gemeu ela, incapaz de dizer mais nada.

Soltando os quadris de Mia sem diminuir o ritmo, ele segurou-lhe as mãos, entrelaçando os dedos nos delas ao capturar sua boca. A língua a penetrou, imitando os movimentos do pênis, e ela inclinou o corpo ainda mais, ansiosa em estar com aquele homem incrível de todas as formas possíveis. Com os dedos entrelaçados, as bocas coladas e os corpos totalmente reunidos, o coração de Mia bateu em uníssono com o de Max. Naquele momento, estavam exatamente como deveriam estar, sem saber exatamente onde terminava um e começava o outro. Ela estava à beira do orgasmo, pronta para explodir. Era inebriante e aterrorizante.

— Goze para mim, querida. Solte-se — pediu Max ao afastar os lábios ligeiramente. O pênis continuava a penetrá-la, cada vez mais depressa, estimulando-a com cada movimento.

O orgasmo a atingiu como uma avalanche: poderoso, selvagem e totalmente fora de controle. Ela gemeu com cada onda que a invadia.

— Isso é demais. É demais.

Soltando as mãos dela, Max segurou-lhe os quadris, penetrando-a repetidamente, frenético ao chegar ao próprio orgasmo. — Nunca é suficiente. Nunca é suficiente — gemeu ele, colocando a mão no traseiro de Mia para se manter dentro dela, como se não pudesse aguentar ser separado da esposa.

Mia caiu sobre o peito de Max, completamente esgotada e um pouco desorientada, sem saber como conseguira sobreviver à paixão que acabara de dividir com o marido.

Nenhum dos dois falou, pois não era necessário. A mão de Max permaneceu possessivamente sobre o traseiro de Mia e ele colocou a outra sobre suas costas, acariciando-a de leve. Ela absorveu a sensação do hálito quente dele em seu pescoço, da barba por fazer contra a pele e do coração que batia depressa sob seus dedos.

Finalmente, quando a respiração se acalmou, ela perguntou baixinho: — Ainda odeia esta praia?

— Não. Mas agora, sempre que eu vier aqui, meu pau ficará duro — resmungou ele, mas com um toque divertido.

Esfregando-se sensualmente nele, ela respondeu: — Ótimo. Virei aqui com você.

— Acho muito bom — disse ele, batendo de leve em seu traseiro.

Erguendo um pouco o corpo, ela apoiou a testa na dele. — Você certamente aprendeu um monte de palavrões, sr. Hamilton. Eu não sabia que sabia falar daquele jeito.

— Não sei se conseguirei me conter daqui em diante — disse Max, parecendo um pouco incomodado. — Você sempre me deixou louco.

— Então não se contenha. Eu amo você, Max. Nada entre nós é errado. Você pode falar o palavrão que quiser comigo. Isso me deixa excitada — disse ela, correndo a mão pelo rosto dele.

— Então nunca mais vou tentar me controlar. — Ele pegou a mão dela e levou-a aos lábios, beijando-lhe a palma de forma reverente. — Não venha aqui sozinha, Mia. Não posso perder você de novo. Eu não sobreviveria.

O tom dele era deliciosamente arrogante, mas a expressão torturada quase a fez chorar. Ela não sabia o que fizera, mas Max sofrera muito e Mia odiou a si mesma por ter partido, fosse qual fosse o motivo. Ela o fizera passar pelo inferno e não entendia o porquê. — Não farei isso, prometo. — Havia algo novo, uma abertura entre eles que ela não queria destruir.

— Não faça — disse Max, afastando-se dela para tirar a camisinha. Ele se sentou, virou-a sobre o colo e levantou-se, ainda segurando-a firmemente nos braços.

Mia pediu para que Max a colocasse no chão, receosa de que ele machucasse as costas ao carregá-la pela escada. Mas ele apertou seu corpo ainda mais.

— Nunca mais deixarei que se vá — disse ele. Pareceu mais uma promessa do que uma simples declaração.

Mia cedeu com um suspiro. Não havia como argumentar. — As camisinhas. Você as deixou lá. Talvez sejam necessárias mais tarde — disse ela em tom tímido. Ela se achou um pouco presunçosa por pensar que Max pudesse querer fazer amor novamente tão depressa.

A risada de Max ecoou pelo ar ao entrarem na casa. — Querida, você acha que não guardei camisinhas em todos os cantos da casa? — Ele abriu um sorriso sensual. — Eu disse que elas eram prioridade.

Aliviada, Mia sorriu de volta, com o coração batendo feliz ao perceber que estar com ela era tão importante para ele, tanto que Max espalhara camisinhas por toda parte.

— Ainda está se sentindo ambicioso? — perguntou ela, ainda pouco acostumada com aquele novo Max.

— Depravado e faminto — retrucou ele.

— Acho que podemos cuidar disso — comentou ela enquanto Max a carregava em direção ao quarto.

— Ah, isso faz parte dos meus planos — respondeu ele em tom provocante.

Mia suspirou, sem saber o que dizer. Certamente não pretendia discutir.

Capítulo 5

— "**E** sposa de bilionário volta dos mortos sem memória!"

Mia jogou o jornal sobre a cama, sentindo um frio na barriga ao perceber que a imprensa descobrira tudo. — Odeio a imprensa — comentou ela veementemente, incapaz de conter o ligeiro tremor que surgiu na voz.

Max passou pela porta do quarto com duas xícaras de café nas mãos, entregando uma a ela antes de pegar o jornal. Ele olhou de relance para a manchete e jogou-o na lata de lixo ao lado da cama. Sentando-se ao lado dela, personificando a fantasia de qualquer mulher ao vestir apenas uma cueca de seda preta, ele comentou: — Ei, não deixe que isso a chateie, querida. Darei uma declaração, eles ficarão na nossa cola por algum tempo e depois encontrarão algo mais interessante sobre o que escrever. Isso sempre acontece.

Mia sabia disso, mas, enquanto fossem o assunto da vez, seriam perseguidos de forma inclemente. Ela estudou Max com amor, sentindo o coração acelerar ao olhar para as coxas largas, a trilha de pelos tentadora no abdômen esculpido e o peito largo nu. Finalmente, o olhar dela pousou no rosto dele e a preocupação que viu enquanto ele a observava atentamente por sobre a xícara a fez relaxar. — Desculpe.

Eu sei que isso faz parte da nossa vida, mas eles nunca desistiram depois do que aconteceu com os meus pais... — A voz dela sumiu, sem querer falar sobre o pai e a mãe.

Ela crescera em um ambiente financeiramente privilegiado, mas isso só provara que até mesmo os ricos podiam ser incrivelmente disfuncionais. O pai fora um homem brilhante nos negócios, mas fora emocionalmente descontrolado e todos na família tinham pagado por isso, de uma forma ou de outra, a mãe com a vida. Ela não queria aparecer nas manchetes, não queria que o assassinato e o suicídio dos pais fossem desenterrados novamente. O assunto mal morrera quando ela conhecera Max. Desde então, ela fizera o possível para ficar fora das colunas de fofocas da mídia.

— Eles não vão desenterrar esse assunto, Mia. Matarei a primeira pessoa que fizer isso — disse ele em tom ameaçador.

Mia sorriu, bebendo o café e observando o marido, com o coração batendo mais forte. Eles deveriam estar exaustos depois de passarem a maior parte da noite consumindo-se um com o outro, mesmo depois do encontro apaixonado na praia. Mas, estranhamente, ela se sentia mais feliz do que nunca, mesmo tendo perdido parte do passado. E Max parecia relaxado, apesar da expressão irritada que tinha no rosto bonito ao falar sobre a imprensa.

— Não me importo comigo. Eu consigo aguentar. Não quero que eles falem no assunto porque será difícil para você, Kade e Travis. — Ela tomou outro gole de café, observando a expressão de Max mudar de irritada para atônita.

— Eu? Por que diabos eu me importaria? — Max terminou de beber o café e colocou a xícara na mesinha de cabeceira.

— Sou sua esposa. Você é um homem de negócios bilionário. Sempre tentei ser a mulher de que você precisa...

— Você é a mulher de que preciso — disse ele agora furioso. — Não me importa quem eram seus pais nem o que eles fizeram.

— Meu pai era insano. Ele atirou na minha mãe, colocou a arma na própria boca e explodiu os miolos. Não acha que eles vão questionar a minha sanidade? Se também sou um pouco louca? Voltei dos mortos com um buraco enorme na minha memória. Tenho certeza de que as pessoas me julgarão pela minha história. — E como ela odiava isso.

— Não é a sua maldita história — respondeu Max, com o músculo da mandíbula contraindo-se ao responder. — E qualquer um que julgue você por alguma coisa que seus pais fizeram não é alguém com quem devamos nos importar. Você, Kade e Travis não foram feitos com o mesmo molde.

— Sempre tentei ter cuidado, tentei não atrair a atenção para mim mesma. Eu queria ser uma boa esposa para você, Max. Tentei mudar. Não sei o que aconteceu. — Ela entendeu o que ele queria dizer, mas as pessoas julgavam e falavam. Ele nunca fora assunto da imprensa negativa. Era respeitado como homem de negócios e a vida pessoal dele nunca fora arrastada para a lama, pois não dava à imprensa nada sobre o que falar.

— Você sentiu que precisava mudar por minha causa? — perguntou Max curioso com a voz mais calma.

— Sim. Não. Não sei. Eu queria ser perfeita. Tive alguns deslizes, fiz algumas coisas idiotas ou impensadas. — Sinceramente, agora que parara para pensar no assunto, ela virara do avesso para se transformar na mulher que achava que Max queria. — Sempre que eu recebia um sermão de você, tentava rir, mas fazer melhor. O problema era que você era perfeito demais — respondeu ela.

Max começou a fazer uma careta, mas acabou rolando na cama, com a gargalhada ecoando nas paredes do quarto enorme.

— O que foi? — Mia terminou de beber o café e colocou a xícara na mesinha.

Sentando-se, Max a segurou pelos ombros, ainda rindo ao dizer: — Querida, estou muito longe de ser perfeito. Você percebe que achei que estávamos os dois tentando se encaixar no que supomos ser o ideal do outro? Seria ainda mais hilário se não fosse um pouco triste. — Ele a colocou sobre os travesseiros e deitou-se de lado, com um braço sobre a cintura dela e o outro apoiando a própria cabeça. Encarando-a com adoração, ele pediu: — Conte-me o que você fez.

Max parecia tão aberto e tranquilo que ela decidiu simplesmente contar. Estavam começando de novo e ele poderia muito bem ficar sabendo exatamente o que ela fizera para tentar ser a esposa perfeita. — Eu me depilei. Eu odiava, gritava o tempo inteiro, xingando de sádica, na mente, a mulher que me depilava. E tentei parar de ser tão desajeitada. Eu me levantava todos os dias e fazia questão de me enfeitar, mesmo querendo usar apenas uma camiseta sem sutiã e uma bermuda velha para trabalhar. Fiz dieta, tentando ficar mais magra, sentindo como se estivesse morrendo de fome o tempo inteiro. Parei de falar palavrões porque achava que isso o ofendia, apesar de quase ter esquecido algumas vezes. Fui criada com dois irmãos e tomar cuidado com o que dizia era difícil. E comprei roupas porque estavam na moda, não porque gostava delas. Mordi a língua em festas, mesmo não concordando com o que as pessoas diziam. — Mordendo o lábio inferior, ela olhou para o rosto dele que se abriu em um sorriso sensual.

Max ficou em silêncio por um momento antes de responder. — Um: eu não gostava que você se depilasse, mas, se era o que queria, não me importava. Dois: você não é desajeitada, é absolutamente adorável. Acho que me apaixonei por você no instante em que derramou café no meu terno favorito, que nunca se recuperou disso. Mas, em troca, ganhei você e não dei a mínima para o terno. Três: toda a sua maquiagem saiu quando você saltou no mar ontem à noite e seus cabelos são selvagens como se estivesse de bem com a vida. E você me deixa sem fôlego. Certamente prefiro que use bermuda e que não use sutiã, mas há uma grande chance de eu não sair de casa depois de ver seus seios maravilhosos. Quatro: você não precisa fazer dieta. Seu corpo é cheio e lindo, você é ativa e saudável. Na maioria das vezes, eu tinha que lutar para manter o controle. Cinco: quero que você vista o que quiser e seja exatamente quem é. Se algum idiota em uma festa a irritar, mande-o pastar. Seis: não me importo nem um pouco se disser palavrões. Especialmente se quiser falar sacanagens comigo. Mas saiba que vou atacá-la onde estiver no momento em que fizer isso — advertiu ele, afastando os cabelos do rosto dela. — Eu me apaixonei por você, Mia. Não preciso que seja outra pessoa. Senti a distância crescer depois que nos casamos, mas achei que fosse um problema meu. Eu estava tentando demais ser o homem sensato que achei que queria.

Mia teve que admitir que estava curiosa. — O que você fez? Você me contou sobre as viagens para se distanciar. O que mais?

— Fiz um monte de coisas pequenas, como me barbear duas vezes ao dia, mas partir foi a pior parte. Partir me matou um pouco por dentro, mas sempre achei que precisava me controlar porque você queria um marido estável, não uma fera maníaca obcecada pela mulher que amava. Para mim, você sempre foi perfeita e eu nunca seria bom o suficiente para merecê-la. Portanto, eu fugi quando não consegui deixar minhas emoções sob controle — disse ele com voz rouca e sombria. — Não fui criado para mostrar abertamente minhas emoções. E o que eu sentia por você não era algo normal para mim. Tinha medo de que você fosse embora se soubesse como eu realmente me sentia. A maioria das mulheres faria isso... ou deveria.

— Eu não iria embora. Eu me sentia da mesma forma, Max. Sempre me senti assim. Mas acho que me convenci de que você precisava da esposa perfeita e eu precisava me transformar naquela imagem para manter o seu amor — admitiu Mia, sentindo-se novamente como se houvesse duas mulheres em um corpo só. — Você era articulado, sofisticado e totalmente controlado. Eu não queria atrapalhá-lo com minhas emoções. E elas eram... intensas demais.

Max se aproximou dela, posicionando o corpo quente e musculoso sobre ela, apoiando a maior parte do peso com os braços. — Sufoque-me, Mia. Deixe que eu me afogue em seu amor e sua afeição. Toque em mim. Envolva-me com sua risada. É tudo o que eu sempre quis. Preciso disso de você. Só quero ficar perto de você. — O rosto dele parecia atormentado, mas esperançoso. — Por favor.

Mia fechou os olhos, com o coração batendo forte e sentindo-se emocionada com o olhar no rosto de Max. O marido equilibrado, calmo e ponderado queria ser amado. Amado de verdade. Não queria a mulher perfeita. Só queria Mia e toda a loucura que acompanhava um amor tão intenso com o qual nenhum dos dois conseguira lidar.

— Eu cresci, Max. Não sei o que aconteceu comigo, mas não quero mais mudar. Se acha que consegue lidar comigo, eu lhe darei todo o amor que tenho até que me implore para parar — advertiu ela. — E eu amo você demais. Consegue lidar com isso?

O sorriso dele ficou malicioso quando os olhos estudaram seu rosto. — Ah, sim.

Ah, merda. Vou querer saltar sobre ele todos os minutos de todos os dias se continuar me olhando desse jeito.

O olhar dela encontrou o dele e Mia ergueu a mão para acariciar o rosto dele ao pedir: — Quero que me ame assim para sempre. Foi tudo o que eu sempre quis.

Max enterrou o rosto nos cabelos dela com um gemido. — Eu vou, querida. Prometo.

Mia suspirou e passou os braços em volta dele, acariciando-lhe as costas até a cintura, absorvendo o aroma masculino e a sensação de ter perto de si o homem que amava.

Naquele momento, tudo estava perfeito.

Na manhã seguinte, Mia observou com um sorriso a aproximação de Max na sala de espera do hospital. Kara estava em trabalho de parto desde as três horas da manhã e todos os amigos e familiares de Simon tinham aparecido para dar apoio. Max e Helen Hudson, a mãe de Sam e Simon, consolavam Sam, tentando convencê-lo de que, depois que Maddie tivesse o bebê, não seria tão ruim assim. Maddie não era a médica de Kara, mas uma amiga próxima, e entrava para assistir ao parto com o médico responsável. Ninguém vira Simon desde que ele dissera que não sairia do lado de Kara, mas Maddie saía às vezes com relatórios periódicos do andamento.

— Quanto tempo leva para ter um bebê? Ela está em trabalho de parto há milênios — resmungou Sam alto o suficiente para que Mia conseguisse ouvi-lo do outro lado da pequena sala de espera.

O último relatório de Maddie, cerca de trinta minutos antes, fora de que Kara estava pronta para empurrar. Ela também dissera que Simon jurara nunca mais tocar em Kara. Maddie repetira aquele comentário com uma expressão de desdém, sabendo que Simon esqueceria daquele juramento bem depressa.

— É o primeiro bebê dela, Sam. Leva algum tempo — Mia ouviu Helen dizer pacientemente ao filho.

Olhando para a direita, Mia abriu um sorriso fraco para Kade, sem saber exatamente por que ele estava lá, mas feliz pela presença dele. Ela entregara a ele o resultado do exame de DNA que acabara de receber do laboratório.

— Você me odeia por ter duvidado no começo? — perguntou Kade baixinho em tom solene.

— Você é meu irmão. Eu amo você. Achavam que eu estava morta. Portanto, não, não odeio você por não ter me aceitado imediatamente — respondeu ela com sinceridade, apesar de ter ficado um pouco magoada. Ela sempre fora próxima dos gêmeos e sabia que sempre a tinham protegido do comportamento louco do pai. Kade era o irmão que a fazia sorrir e ter que apresentar provas a ele a magoara, apesar de entender logicamente por que aquilo fora necessário.

— Eu fui um idiota. Sabia que era você no momento em que criticou minha camisa e falou meu nome no parque. Mas eu só conseguia pensar no que aconteceria se Max se apegasse a você e alguma coisa mais ocorresse. Ele ficou arrasado, Nanica. Andava por aí como uma casca vazia, como se não se importasse se morresse. Sinceramente, não acho que ele se importava. Eu não queria ver Max sofrer mais ainda — terminou Kade abruptamente, como se não se sentisse confortável em falar sobre o sofrimento de Max. Ou o próprio sofrimento.

Mia segurou a mão dele gentilmente e apertou-a, feliz pelo irmão ter apoiado Max e por terem ficado amigos. Ela fez uma careta fingida ao responder: — Tenho vinte e nove anos, quase trinta. Não acha que está na hora de parar de me chamar por esse apelido idiota de infância? — Ela sempre o odiara. Quando eram crianças, ela rezara para crescer depressa, o que não aconteceu, para que pudesse olhar de cima para Kade e Travis e fazer com que parassem de implicar por ser muito mais baixa que eles. Ela não era muito baixa, mas os irmãos eram bem mais altos.

Kade sorriu e piscou para ela. — Não, você ainda é uma nanica.

— E você ainda gosta de camisas feias — relembrou ela com carinho, olhando para a que ele estava vestindo. Mia imaginou que ele não exagerara por estar no hospital. Quase parecia normal, com camiseta preta e calça *jeans*, que enfatizavam os cabelos loiros e os olhos azuis atraentes. Não era surpresa que as mulheres suspirassem por ele no país inteiro quando fora jogador de futebol. Elas eram facilmente influenciadas a torcer pelo time de Kade só porque ele jogava. Como irmã, ela apenas revirara os olhos, rindo quando todas as mulheres que conhecia pediam para ser apresentadas a ele. O irmão nunca fora mulherengo, fora fiel à namorada com quem estivera por anos e a vadia partira o coração dele.

Kade apertou a mão dela de leve. — Só não quero que pense que não estou feliz por você estar de volta. Estou, mais do que consigo expressar. Mas também fiquei preocupado com Max.

Ela olhou para ele, encontrando olhos muito parecidos com os seus.

— Estou feliz. De verdade. — Estranhamente, ela estava mesmo feliz. Se Kade estava tentando proteger Max, isso fazia com que amasse o irmão ainda mais.

— Ele ama você, Mia. Só é muito chato ter que aguentar todos os três agindo como idiotas em relação às esposas, uma delas minha irmã. — Kade acenou com a cabeça em direção a Sam e Max. Mia sabia que ele incluíra Simon naquela declaração, apesar de estar ausente.

— Você sobreviverá — respondeu ela. Kade ainda não encontrara a mulher certa. Mia nunca gostara da ex-namorada dele e, apesar de não querer vê-lo de coração partido, aquela mulher certamente não fora a certa para ele.

Mia observou quando Max deu um tapinha nas costas de Sam e levantou-se, aproximando-se para sentar ao lado dela.

— Sobre o que vocês dois estão conversando? — perguntou Max casualmente, estendendo as pernas e encarando os dois cuidadosamente.

Mia se encolheu um pouco, pois sabia que seu reaparecimento causara uma certa tensão entre o marido e o irmão.

— A Nanica não tem pena de mim porque tenho que lidar com você, Sam e Simon histéricos por causa das respectivas mulheres — respondeu Kade em tom leve.

— Você ainda está na minha lista negra, amigão — avisou Max, olhando para Kade friamente. — Estou oferecendo uma trégua temporária por causa da situação, mas ainda planejo arrebentar a sua cara na primeira chance que eu tiver. Se disser uma palavra que a deixe chateada, você se arrependerá.

— Claro, quero ver você tentar — retrucou Kade, sorrindo. — Posso ter uma perna ruim, mas ainda sou melhor que você.

— Sem misericórdia por causa da sua perna. Não vou pegar leve por isso — avisou Max. — Ela está curada.

— Não achei que fosse pegar leve. Faça o melhor que puder. Mas tenha uma ambulância por perto quando decidir tentar — respondeu Kade em tom amigável, como se estivesse conversando sobre o clima, em vez de mandar o amigo para o hospital.

Mia quase ficou tonta olhando repetidamente de um homem para outro, um deles descontraído, o outro furioso.

— Parem vocês dois — ordenou ela. — Estamos aqui para uma ocasião feliz. — Ela se virou para o marido. — Kade estava preocupado com você. Não o culpo por isso. Fico feliz por ele ter tentado proteger você porque eu o amo. — Virando-se para o irmão, ela colocou o dedo em frente ao rosto dele. — E você, comporte-se. Está deliberadamente provocando Max e isso não é legal.

Ela olhou para a frente, observando Sam e Helen conversar, mas sem conseguir ouvi-los claramente. Mia sentiu dois pares de olhos e, finalmente, um braço musculoso passou por trás dela. O braço de Kade.

— Vamos dar um beijo e fazer as pazes, cara. — Era um comentário mordaz, mas o tom de Kade era sério.

— Está bem. Arrebentarei sua cara mais tarde — concordou Max, estendendo a mão para apertar a de Kade.

Mia mordeu o lábio inferior, imaginando se o excesso de testosterona ao qual ficara exposta por sentar entre os dois homens a mataria. — Que bom que os dois conseguem agir como adultos — comentou ela em tom seco.

— E eu tenho opção? — perguntou Max, recostando-se na cadeira.

— Não se me quiser mais tarde. — O comentário picante escapou antes que ela conseguisse pensar melhor.

— Querida, para isso, eu até mesmo me ajoelho e imploro.

Mia estremeceu. A resposta baixa e sensual fez com que as lembranças da noite anterior voltassem à mente com imagens perfeitas.

— Pelo amor de Deus, parem com isso. Ela é minha irmã. — A voz de Kade estava desgostosa e ele se levantou da cadeira. — Vou buscar café. Alguém quer alguma coisa?

— Café — responderam Mia e Max em sincronia perfeita.

Eles se entreolharam e riram. — Seu viciado — acusou Mia ainda rindo.

— Fiquei viciado por sua causa — acusou ele, sorrindo.

A verdade era que os dois sempre tinham sido viciados em café. Afinal de contas, tinham se conhecido na porta de uma cafeteria.

Maddie entrou na sala de espera com o rosto iluminado pela alegria. — Ela é linda. Quatro quilos e perfeitamente saudável — anunciou ela, abraçando o marido, que se erguera para tomá-la nos braços.

— Kara está bem? — perguntou Sam preocupado.

— Está ótima. Cansada, mas ótima — respondeu Maddie. — Se eu conseguir arrancá-lo de lá, pedirei a Simon que tire a bebê da sala de cirurgia para que vocês possam vê-la.

Mia se levantou e comentou feliz: — Aposto como ele é um papai muito orgulhoso.

— Ele será. Está um pouco perdido com tudo no momento. Não achei que ele aguentaria até o fim do parto. Kara estava mais calma que ele — disse Maddie, beijando o rosto do marido.

Todos se levantaram, falando ao mesmo tempo, felizes com o nascimento da primeira neta de Helen e primeira sobrinha de Sam.

Max apertou a mão de Mia com força, mantendo-a protetoramente a seu lado. Batendo de leve nas costas de Sam, ele disse ao amigo em tom de brincadeira: — O próximo é você, amigo.

O sorriso de Sam desapareceu e a pele normalmente bronzeada ficou pálida quando ele olhou para a esposa. — Não acho que eu vá aguentar — disse ele a Maddie com a voz cheia de terror.

— Você não precisa aguentar nada. Eu vou aguentar — respondeu Maddie calmamente. — Como estão todos aqui, acho que podemos contar. Sam e eu fomos duplamente abençoados. Teremos gêmeos.

— Puta merda — Mia ouviu Max dizer baixinho. Como ele estava muito perto, somente ela o escutou. Mia apertou a mão dele, avisando-o para não demonstrar a preocupação. Era óbvio que Sam já estava extremamente preocupado.

Sam se sentou com o rosto pálido. Parecia que ele precisaria colocar a cabeça entre as pernas para não desmaiar. Não era surpresa ele estar tão preocupado com o parto.

Mia sorriu para Maddie, cuja felicidade brilhava em seus olhos. Obviamente, a cunhada estava extremamente feliz, o que aqueceu o coração de Mia. Passando os braços em volta de Maddie, Mia sussurrou: — Parabéns, Maddie. Ajudaremos os rapazes a passarem por isso — brincou ela, apesar de não ter muita certeza de que isso aconteceria.

— Acabei de contar a Sam — admitiu Maddie, retribuindo o abraço de Mia. — Ele acabará se acostumando com a ideia.

As duas mulheres olharam para Sam, cujo rosto parecia branco como um lençol.

— Ou não — disseram as duas ao mesmo tempo, rindo quando Helen se juntou a elas, deixando os homens para imaginarem o inferno de ter gêmeos.

Ela e Max esperaram até que pudessem ver a bebê. Em seguida, foram embora, saindo do hospital de mão dadas, depois de ver a filha adorável de Simon, completamente rodeados pela segurança de Max para manter a imprensa afastada.

— Eu queria ter um filho seu — disse ela pensativa.

— Querida, você não pode dizer uma coisa dessas sem esperar que eu responda à altura. Achei que queria esperar — retrucou Max.

Mia pensou por um minuto antes de responder, sentindo-se pronta para ter um filho de Max. Na verdade, ela começava a ansiar por um filho dele. — Eu sei que queríamos esperar para ter uma família, mas...

— Se você está pronta, eu também estou. Acho que esperamos demais para começar a viver nossa vida juntos — disse ele, passando o braço em volta da cintura dela.

— Eu também acho — respondeu ela, surpreendendo a si mesma. Ela não estivera pronta, mas, subitamente, mal podia esperar para ter o filho de Max, de sentir uma criança crescer com amor dentro do ventre. Talvez realmente tivesse crescido.

Duas mulheres no mesmo corpo... de novo.

Por algum motivo, ela gostava da mulher que era agora. — Quando eu recuperar a memória, poderemos conversar sobre o assunto — comentou ela. — Precisamos de um pouco de tempo depois de tudo o que aconteceu, mas seria bom planejar isso.

— Ficarei mais do que feliz de fazer a minha parte — retrucou Max. A voz dele era intensa e sensual, como se não quisesse esperar para vê-la nua.

— Você será meu garanhão assim que eu descobrir o que aconteceu e soubermos que está tudo bem? — perguntou ela provocante.

— Querida, eu sou o seu garanhão. O único que será preciso em sua vida. E tudo ficará bem — retrucou Max em tom arrogante.

— Não podemos começar imediatamente, mas você pode praticar — desafiou ela, sentindo o calor se acumular entre as pernas e espalhar-se pelo corpo.

Eles tinham ido para o hospital no carro com motorista e ele ajudou-a a entrar no banco traseiro da limusine, fechando a barreira de privacidade ao entrar logo depois.

Sorrindo maliciosamente, ele apertou um botão que abriu um compartimento oculto, de onde saíram várias camisinhas que caíram no chão.

— Você tem camisinhas dentro do carro? Está mesmo preparado — disse ela, rindo quando ele abriu uma embalagem aleatória.

— Fui escoteiro — informou ele em tom pecaminoso.

Um Max pecador era algo extremamente sedutor e ela não tinha como se defender. Não que quisesse. Estava mais do que disposta a deixar que ele praticasse.

Capítulo 6

Mia estava suando, apesar dos dezoito graus. As gotas de suor escorriam pelo rosto, uma após a outra, e o corpo tremia ao ser comandada a olhar pela mira do fuzil. Ela afastou o rosto subitamente ao ver o rosto do marido bem no centro da mira, vulnerável. — Não! Não o machuquem! Farei o que quiserem. Mas deixem minha família em paz — gritou ela desesperada, debatendo-se contra a mão de ferro que a segurava.

O fuzil baixou lentamente e a voz do maníaco que a mantinha refém declarou: — É um tiro fácil. Algumas centenas de metros. Eu poderia matá-lo em menos de dez segundos e, depois, matar os seus irmãos também antes que alguém percebesse o que aconteceu. A segurança desses idiotas ricos não vale nada.

Ele poderia. Mia sabia disso. Danny Harvey sempre fora um atirador preciso, altamente habilidoso em atingir o alvo. — Você não sairá impune. A polícia...

— Ela não servirá de nada depois que eles estiverem mortos. E duvido que prestarão muita atenção antes disso. Todos sabem como os Harrisons são malucos. Eles nunca me encontrarão — respondeu ele em tom maldoso. — Está disposta a assumir o risco? — De forma mais suave, ele continuou: — Você não ama nenhum deles,

Mia. Não da forma como me ama. Você me quer. Você se casou com aquele ricaço como substituto. Estou aqui agora. Coopere e poderemos ficar juntos novamente.

Ela se encolheu quando a mão grande dele encostou em seu rosto. — O que você quer, Danny?

— Você. Somos um casal. Sempre fomos — respondeu ele rispidamente.

— E o meu dinheiro — acrescentou ela com desdém. Danny não teria problema algum em usar o dinheiro dela agora que Mia tinha acesso ao fundo.

Agarrando um punhado dos cabelos de Mia, ele bateu a cabeça dela contra a árvore em que estivera encostado um momento antes. — Isso é só um benefício secundário. Eu amo você.

Isso não é amor. Nunca foi. É pura insanidade.

Estonteada por causa do golpe, Mia balançou a cabeça, tentando clarear a mente. Danny estava certo sobre uma coisa: ela não podia correr o risco. E não correria. Tinha que encontrar uma forma de afastar Danny de sua família antes que todos morressem, como acontecera com seus pais. Ele era mais louco que o pai dela fora e ainda mais mortal.

É culpa minha. Eu trouxe esse imbecil para a minha vida e agora ele está ameaçando todos que amo. Eu nunca devia ter me casado com Max. Devia ter ficado longe dele. Max não merece isso.

Lábios frios e finos desceram sobre os dela e Mia tentou reprimir uma onda de bile que subiu até a garganta, forçando-se a não lutar. Seria uma luta contra um louco e ela perderia. Precisava pensar. Se não, Max e seus irmãos poderiam morrer.

Concentrando-se nos pensamentos sobre Max, ela tentou bloquear tudo, exceto o marido, até que Danny finalmente parou de esfregar a boca na sua, deixando os lábios de Mia sangrando.

— Consigo pensar em um uso melhor para essa sua boca — disse ele com a mesma voz lunática. Ele a empurrou para que ficasse de joelhos e abriu o zíper da calça, fazendo com que o pênis saísse em frente ao rosto dela. — Quero que me chupe. Você sabe que quer me chupar.

As lágrimas escorreram pelo rosto de Mia quando ela viu o membro em frente ao rosto, começando a ter vontade de vomitar por causa do fedor do corpo sujo e das roupas imundas. Não consigo. Não consigo.

Mas ao pensar em Max, que ele estava prestes a embarcar no avião que o levaria para longe do perigo, ela fez o impensável. Mia obedeceu ao psicopata, bloqueando tudo o mais exceto terminar o ato degradante para dar a Max tempo suficiente para ir embora.

Ela ouviu o barulho do motor do avião, sentindo esperança ao finalmente ter uma ânsia de vômito e tentar se afastar do corpo em frente ao seu. Mas ela não conseguiu se mover, pois a mão que segurava-lhe a cabeça no lugar era implacável.

A bile subiu pela garganta enquanto o avião percorria a pista.

Em seguida, ela vomitou e, por causa daquela reação involuntária, foi gravemente punida.

Mia acordou lutando para respirar e sentou-se na cama, colocando a mão sobre o estômago para reprimir a náusea. O corpo estava úmido e os lençóis encharcados de suor.

Foi um pesadelo. Foi só um sonho horrível.

Ainda assim, ela estava ofegante ao colocar os pés no chão e cambalear até o banheiro, completamente nua. Mia fechou a porta e ligou a luz, encarando o rosto aterrorizado que a olhava de volta no espelho. Era ela, uma pessoa que reconhecia. Não havia mais duas mulheres no mesmo corpo, apenas uma mulher que mudara nos últimos anos. Subitamente, ela sabia quem era e todas as lembranças que lhe tinham escapado voltaram em uma onda de conhecimento que a deixou atordoada.

Tremendo, ela ligou o chuveiro, esperando até que a água estivesse quente para entrar, torcendo para que o calor afastasse o frio que sentia por dentro devido ao choque de recuperar a memória. O medo causou uma onda de adrenalina, deixando-lhe o corpo inteiro pronto para fugir.

Fuja. Fuja. Fuja. Não posso ficar aqui. Preciso ir embora. Preciso proteger Max.

Mia derramou sabão líquido na mão de forma generosa, tentando apagar as lembranças do sonho. Ela sentiu uma dor imensa no peito ao perceber que não poderia ficar com Max. Não se realmente o amasse. E ela o amava. Ela o amava tanto que isso a estava destruindo.

Quase como se o tivesse evocado, Max estava subitamente atrás dela. Ele colocou o braço possessivamente em volta de sua cintura, apoiando-a contra o corpo musculoso.

— Sentiu a minha falta? — perguntou ele com a voz rouca perto do ouvido dela. — Você devia ter me acordado para que eu viesse junto.

Ah, meu Deus, ela queria levá-lo para onde fosse, nunca mais queria ficar longe dele. Max era a outra metade de sua alma e a ideia de ficar separada dele novamente quase a matou. Ela se virou e passou os braços em volta do pescoço de Max, encostando a cabeça em seu ombro ao abraçá-lo, pele contra pele. Queria memorizar a sensação de estar colada com ele, tentar absorver a essência dele na própria alma. — Tive um pesadelo. Eu estava toda suada — murmurou ela, torcendo para que ele não fizesse muitas perguntas. Não naquele momento.

— Então deveria mesmo ter me acordado. Adoro ficar suado com você. — Segurando-a de leve pelos ombros, ele a empurrou para trás para olhá-la nos olhos, erguendo-lhe a cabeça com os dedos fortes. — Ei, você está bem?

— Sim, agora estou bem — mentiu ela apressada, querendo chorar ao perceber a preocupação nos belos olhos dele.

Preciso de mais uma lembrança. Algo bom para substituir a lembrança ruim.

Com os dedos ainda escorregadios por causa do sabão, ela correu a mão lentamente pelo corpo dele, traçando cada músculo do peito e descendo devagar pela trilha sensual de pelos que levava à virilha. Sem hesitação, ela segurou o pênis e engoliu um gemido ao encontrá-lo rígido e pronto. Mia o queria dentro de si, mas, mais do que isso, queria exorcizar antigos fantasmas. E sabia exatamente como fazer isso.

Segurando a nuca dele, ela aproximou os lábios dos dele, desesperada para sentir seu beijo, a língua invadindo-a, aquecendo-a como ninguém mais conseguia fazer. Ele respondeu imediatamente, levando as mãos à cabeça de Mia para segurá-la no lugar. Gemendo, ele a beijou, extremamente excitado por causa dos dedos escorregadios sobre o membro rígido, provocando-o, mas sem satisfazê-lo. Ela se abriu para ele, deixando que invadisse sua boca e dominasse seus sentidos. Era um beijo de desespero e necessidade, e Mia cedeu, saboreando a posse de Max.

Finalmente, ele afastou a boca, deixando-a quase sem fôlego. Ela deslizou devagar pelo corpo de Max até ficar de joelhos, na mesma posição em que estivera no pesadelo. Mas aquilo... aquilo era real. E aquele era Max. Não havia nada que quisesse mais do que lhe dar prazer. Ela deixou que a água lavasse o sabão ao segurar as nádegas dele com ambas as mãos e substituir os dedos provocantes pela boca, afastando tudo da mente, exceto o homem que amava.

Max quase gozou no momento em que Mia o tomou na boca. A sexualidade patente dela quase o fez perder o controle. *Minha nossa!* A sensação da língua sedosa no pênis, o atrito da boca foram o suficiente para fazê-lo perder o controle. Mia era a mulher mais sensual que ele já conhecera e estava tornando-se sexualmente liberada, o que o deixava à beira da insanidade.

Minha esposa. Toda minha.

Ele bateu a mão contra o azulejo da parede para manter o equilíbrio. A água quente o atingia no peito enquanto Mia atacava o pênis com mais entusiasmo do que habilidade. Mas não importava. Cada toque era exótico, cada movimento era erótico. — Mia, assim eu não aguento. — Não, ele não aguentaria. Não conseguiria chegar ao próximo minuto sem ter um ataque do coração.

Max colocou a mão nos cabelos molhados de Mia, guiando gentilmente a cabeça dela, e soltou um gemido estrangulado que não conseguiu conter. Olhando para baixo, ele a observou tomá-lo repetidamente entre os lábios divinos. O visual da mulher que amava dando-lhe prazer fez com que os testículos se contraíssem de forma quase insuportável.

Cacete. Cacete. Cacete.

A virilha de Max estava em chamas. Ele não sabia se devia incitá-la a chupá-lo mais depressa e com mais força ou fazer com que ela se levantasse para penetrar no corpo quente. Havia camisinhas na gaveta do banheiro, ele poderia...

Mia gemeu e Max assistiu, completamente hipnotizado, quando ela colocou uma das mãos no interior da coxa e deslizou os dedos entre as dobras molhadas, tocando-se com a única intenção de gozar com ele. Foi a coisa mais excitante que Max jamais vira. Os dedos dela se moveram entre as coxas enquanto ela usava a outra mão, juntamente com a boca, para deixá-lo completamente fora de controle.

— Goze comigo, Mia — exigiu ele, rangendo os dentes e jogando a cabeça para trás enquanto ela gemia continuamente, fazendo com que o pênis vibrasse. — Goze comigo.

O orgasmo de Max foi violento e selvagem. O corpo inteiro estremeceu enquanto ele gemia. Mia não afastou a boca enquanto estremecia com o próprio clímax.

Max a puxou para cima e passou os braços à sua volta, sabendo que segurava seu mundo inteiro.

Depois de lavar os dois corpos, ele desligou a água. Em seguida, eles se secaram e ele carregou a esposa para a cama, abraçando-a com força. Max se perguntou como tivera tanta sorte de conseguir outra chance com a única mulher que fazia seu mundo girar.

Eles pegaram no sono abraçados, perfeitamente encaixados um no outro. Max dormiu sentindo uma felicidade intensa.

Quando acordou no dia seguinte, Mia se fora.

Não demorou muito para que Max entrasse em pânico. Ele não se preocupara ao acordar e descobrir que a esposa já saíra da cama.

A preocupação começou quando não a encontrou em lugar algum da casa.

— Merda — resmungou ele baixinho ao abrir a porta que levava à praia. — Mia — chamou ele sem receber resposta. Não havia sinal de que ela fora para o lado de fora. A porta de trás estava trancada, algo que ela não teria feito se tivesse ido para a praia.

Pegando o celular, ele ligou para a equipe de segurança, mas ela não estava com eles e ninguém a vira sair da casa.

Ele desligou e discou outro número, esperando impacientemente que alguém atendesse.

— É bom que seja importante. Ainda é muito cedo — atendeu a voz rouca de Kade.

— Mia desapareceu — disse Max em tom irritado. — Ela está aí?

— Claro que não, ela não está aqui. Eu estava dormindo. O que aconteceu? — perguntou Kade, soando mais alerta.

Max soltou um suspiro desapontado e respondeu: — Não aconteceu nada. Ela só não está aqui. Ninguém a viu sair. Nenhum dos carros está faltando. — Ele congelou ao entrar na sala de jantar e ver o telefone de Mia, chaves e um pedaço de papel sobre a mesa.

— Espere, encontrei alguma coisa — disse Max a Kade, segurando o telefone entre o ombro e o ouvido ao mover as chaves e pegar o papel. Os olhos percorreram rapidamente as palavras.

Max,

Minha memória finalmente voltou e eu me lembrei de tudo. Deixei você voluntariamente. Não achei que nosso relacionamento estivesse bem e decidi que era hora de nos separarmos.

Enviarei os papéis do divórcio assim que puder.

Mia

— Que merda é essa? — xingou Max violentamente no telefone, segurando-o ao jogar o bilhete sobre a mesa.

— O quê? O que aconteceu? — perguntou Kade ansioso, totalmente acordado.

— Ela me deixou. Porque quis. Não quer mais continuar casada comigo — respondeu Max, parecendo um robô, incapaz de compreender as palavras que Mia escrevera ao contar a Kade o que havia no bilhete breve e impessoal.

— Que idiotice — explodiu a voz de Kade no telefone. — Ela está apaixonada por você. Você sabe disso.

— Não posso obrigá-la a ficar se ela não quer — respondeu Max, sentindo como se o coração estivesse despedaçando-se. — Ela não queria ficar comigo. Só não se lembrava.

— Você nunca desistiu dela, cara. Nem uma vez. Não desista agora. Há alguma coisa acontecendo que não sabemos — argumentou Kade. A voz dele estava abafada e parecia que estava vestindo-se enquanto falava.

— Ninguém a forçou a escrever aquele bilhete. Ninguém a forçou a partir. Ela tomou essa maldita decisão. Duas vezes. Obviamente, ela se lembrou de que não me ama — disse Max baixinho em tom resignado. Ele passara anos acreditando, sem nunca desistir, só para que ela o deixasse assim que a encontrara novamente. Ela que fosse para o inferno. Ele não aguentava mais. Estivera iludido o tempo inteiro, achando que Mia o amava da mesma forma como ele a amava. Obviamente, ela não o amava.

— Max, você a conhece. Sabe que essa não é Mia. Precisamos descobrir o que está acontecendo — disse Kade em tom urgente.

Max se jogou no sofá. Tudo em que sempre acreditara fora completamente destruído. Naquele momento, não sabia em que acreditar. Tudo o que sabia era que estava implodindo, que seu mundo inteiro estava em pedaços. — A verdade é que talvez eu nunca a tenha conhecido de verdade — respondeu ele sombriamente.

Ele desligou o telefone e olhou fixamente para a parede oposta, tentando enterrar as emoções, tentando forçá-las bem no fundo até que estivesse completamente amortecido. Sabia que, se não fizesse isso, não conseguiria sobreviver.

Capítulo 7

Kade Harrison entrou no escritório do irmão, Travis, na Corporação Harrison sem bater. Ele empurrou a porta de carvalho com força suficiente para que batesse contra a parede com um barulho alto. Ignorando o som, Kade se concentrou no irmão, sentado atrás da mesa, enterrado em uma pilha de papéis. Travis olhou para Kade rapidamente e voltou ao trabalho, parecendo não se importar com o fato de que o irmão quase quebrara a porta pesada de madeira.

Kade não ficou surpreso ao encontrar o irmão no escritório, apesar de ser sábado. Travis estava sempre no escritório. Ele tinha certeza de que o irmão tinha um apartamento secreto escondido no prédio onde dormia algumas horas antes de voltar ao trabalho.

Sentando-se na cadeira em frente à mesa do irmão, ele perguntou:
— Onde ela está?

Travis olhou para cima novamente, estreitando os olhos ao notar a carranca de Kade. — Quem?

— Mia — respondeu Kade impacientemente, observando o rosto do irmão. Eles eram gêmeos, com Travis sendo apenas vinte minutos mais velho, e tinham os mesmos olhos azuis. Mas, enquanto Kade tinha cabelos claros como a mãe e Mia, os cabelos de Travis eram pretos como a noite e as feições lembravam as do pai. — Ela não teria conseguido fazer isso sozinha. E só há uma pessoa no mundo que conheço que poderia ajudá-la. — Merda, ele sabia que Travis sabia de alguma coisa. Mia era uma mulher inteligente, mas devia ter um cúmplice, alguém próximo que a tivesse ajudado a desaparecer completamente por mais de dois anos. Ninguém conseguia apagar os próprios rastros tão bem. E ninguém era tão detalhista e meticuloso como o irmão gêmeo. Aquilo cheirava a Travis. — Dois desaparecimentos, sem qualquer sinal dela? Onde ela está, Travis? Isso está matando Max.

Travis se recostou na cadeira, entrelaçando as mãos atrás da cabeça.

— O que quer dizer... dois? Ela voltou.

— Ela sumiu de novo — declarou Kade, observando a expressão do irmão por um momento, quase certo de que Travis não sabia que ela fugira... desta vez. Os dois discordavam em quase tudo, mas eram gêmeos e ainda conseguiam perceber muito bem as coisas um no outro. *Algumas vezes, bem demais.*

— Merda. Eu a trouxe de volta. Ela recuperou a memória? — perguntou Travis, sentando-se e colocando as mãos sobre a mesa.

— Sim. Que diferença isso faz? — perguntou Kade desconfiado.

— Faz toda a diferença. Há uma coisa que eu precisava dizer a ela assim que a memória dela voltasse. Precisava dizer a ela para não fugir. Não precisa mais fugir — disse Travis furioso, apesar de Kade perceber exatamente o que era... medo.

Kade contraiu o maxilar ao perguntar: — Você a ajudou a desaparecer na primeira vez?

— Sim.

— E você não me contou que ela não estava morta? — Kade queria se levantar e bater no irmão até que estivesse perto da morte. Travis, o próprio irmão gêmeo, deixara que ele pensasse que a irmã estava morta. — Por quê?

— Ela estava em apuros. A vida dela corria perigo, bem como a sua e a de Max. Se o que eu precisava fazer para manter todos vivos era ficar de boca fechada... Foi o que eu fiz. — Travis bateu com o punho na mesa, fazendo com que todos os objetos na superfície estremecessem. — Você acha que foi fácil para mim não dizer nada enquanto via todos sofrerem? Ao contrário do que possa pensar, mano, não gostei nem um pouco de ver você e Max sofrendo.

— Você não era próximo de Max. Não viu o quanto ele...

— Porque eu não podia — respondeu Travis com raiva.

Travis podia ser um idiota sem coração quando queria, mas Kade sabia que ele amava a família. Apesar de ainda estar furioso, Kade precisava saber o que acontecera. — Conte-me tudo. E comece pelo início.

— Não temos tempo para isso agora. Contarei tudo a você mais tarde. Precisamos encontrar Mia. Ela deve estar com medo. Não sabe que o homem que estava ameaçando a vida de todos não é mais um problema. — Travis se levantou e pegou o casaco, vestindo-o com movimentos abruptos, agindo de forma totalmente diferente da calma e do controle normais.

— E por quê? — retrucou Kade, levantando-se e parando ao lado do irmão.

— Ele está morto — respondeu Travis com uma calma mortal. — Um acidente infeliz.

— Você devia ter me contado isso. Sou seu maldito irmão — disse Kade em tom hostil. O fato de Travis ter mantido aquela história toda para si por tanto tempo ainda fazia com que Kade quisesse matá-lo. Travis sempre achava que sabia o que era melhor para todos e passava a maior parte do tempo tentando consertar tudo e todos, menos ele mesmo.

Travis se virou para ele abruptamente, encarando-o com um olhar frio. — Por quê? O que você teria feito? Procurado Mia, achando que poderíamos protegê-la? Contado a Max, para que ele fosse procurá-la?

— Provavelmente. Ela não precisava fazer isso. Temos seguranças...

— Agentes que não conseguiram protegê-la de um louco — informou Travis ao irmão em tom amargo. — Max não estava aqui, você não estava aqui... e só sobrou eu para tomar uma decisão. E eu tomei a decisão. Então, vá em frente. Pode me dar uma surra por tentar proteger nossa irmã, por nunca mais querer vê-la ser abusada e humilhada. Se você ou Max a tivessem encontrado, ela nunca teria ficado escondida, nunca estaria segura. Conviverei com o seu ódio se isso significa que estão todos vivos — terminou Travis com a crueldade de um homem que sempre fazia o que era necessário. Os olhos azuis glaciais e perigosos encararam o irmão gêmeo.

Kade se encolheu, pois odiava quando Travis o encarava com aquele olhar gelado e assustador. — Acho que preciso ouvir o que tem para contar. Quero saber o que aconteceu. Pode me contar enquanto procuramos Mia — resmungou Kade, sabendo que não gostaria do que o irmão tinha a dizer. Travis podia ser um chato, mas era a cola que mantinha a família reunida, era quem solucionava os problemas, quem fazia os trabalhos sujos que precisavam ser feitos.

Travis assentiu brevemente e andou em direção à porta. — Tenho quase certeza de que sei onde ela está. Teremos algum tempo para conversar. — Travis parou e estudou Kade, dizendo casualmente: — Essa é provavelmente a camisa mais feia que já vi você usando. Parabéns por superar aquela verde, cor de vômito, com os sapos medonhos.

Kade sorriu. — Eu sabia que você ia gostar. — Ele seguiu Travis para fora do escritório e até o elevador.

— Será que você nunca vai crescer? — perguntou Travis ao entrar no elevador.

— Não se eu puder evitar. — O sorriso de Kade ficou mais largo ao notar a expressão desgostosa do irmão.

— Você vai trocar de camisa, não vai? Não vou viajar com você se continuar usando essa camisa.

— Claro. Posso trocar. Só precisamos passar na minha casa depois de contarmos a Max — respondeu Kade com expressão determinada.

— Posso pegar algumas roupas extras se precisarmos passar a noite fora para buscar Mia.

Travis pareceu aliviado. — Ótimo.

Kade não se importava nem um pouco em mudar de roupa. Tinha um armário cheio de camisas parecidas em casa. Apesar da urgência da situação, ele riu baixinho quando as portas do elevador se fecharam.

Mais tarde naquele dia, Mia chegou ao rancho de quarenta acres da avó em Montana, completamente exausta e com o coração em pedaços.

Duas semanas antes, ela fora a Tampa porque Travis enviara uma equipe de segurança para buscá-la, dizendo que precisava que voltasse à Flórida. Ela nem mesmo tivera a chance de descobrir por que ele a contatara e o motivo pelo qual queria que voltasse. Ela não tivera contato nenhum com Travis nem com ninguém da Flórida desde que saíra do estado, mais de dois anos antes, para ir para Montana. Nem até recentemente, quando finalmente os vira novamente, sem saber que não colocara os olhos nas pessoas amadas por mais de dois anos. Voltar para Montana desta vez fora muito diferente de quando fora para lá para se esconder, para desaparecer. Ninguém estivera lá por muito tempo até que ela voltara ao rancho mais de dois anos antes e até mesmo Travis precisara ser lembrado que ali teria um lar. Ela não fora enviada em segredo no jatinho particular de Travis desta vez. Mia pegara um voo comercial usando o próprio nome, deixando um rastro tão óbvio que qualquer um poderia encontrá-la. Ela fizera isso intencionalmente para chamar a atenção para o fato de que saíra de Tampa. A imprensa descobrira o fato de que ela não estava morta e Mia precisava levar o mal para longe das pessoas que amava. Se aquilo levasse a malevolência em sua direção, melhor ainda. Era melhor que Danny Harvey a encontrasse, em vez de alguém que ela amava. Ele que viesse atrás dela. Mia não se importava mais. Se ele soubesse que ela não estava morta, conseguiria encontrá-la, mas era melhor que estivesse o mais longe possível de sua família. Ela seria a isca para levar Danny para lá, longe de Max e de seus irmãos. *Mesmo que Danny não me mate, mesmo que faça alguma coisa e volte para a prisão... eu nunca conseguirei voltar para Max. Eu nunca o colocarei novamente no caminho do perigo por causa de alguma coisa idiota que fiz no passado.*

Mia saiu do carro alugado, usando o luar para enxergar o caminho pelos degraus da casa em estilo rancheiro, o lugar que chamara de lar pelos últimos dois anos e meio. Enterrando os dedos na terra do vaso ao lado da porta, ela pegou a chave, limpou as mãos na calça e abriu a porta. Em seguida, acendeu as luzes, sentindo alívio quando a escuridão sumiu e pesar por não poder iluminar o coração e a alma. A casa ainda parecia a mesma: móveis de couro confortáveis na sala de estar, a lareira de pedra que deixara Montana confortável nas noites geladas do inverno e muitas lembranças da avó que a ensinara a fazer a primeira joia bem ali. Ela encontrara paz naquela casa. Ela se encontrara ali. Mas, agora, não sentia nada além de um desespero que quase a devorou. Não houvera um momento em que não sentisse a falta de Max. Mas, depois de vê-lo novamente, a dor da separação era insuportável.

Largando a bolsa e a chave da casa sobre o sofá, ela foi até a cozinha, olhando para o relógio para ter certeza de que não era muito tarde para telefonar para Maude e Harold, os vizinhos mais próximos. O rancho era pequeno pelos padrões de Montana, mas ainda fazia com que ficasse isolada. Maude e Harold cuidavam do rancho quando não havia ninguém lá, o que acontecera o tempo todo por muitos anos antes que Mia se mudasse para lá dois anos antes. Ela discou o número deles, explicou que voltara e que não seria preciso que fossem lá diariamente para cuidar dos cavalos. Era algo que ela realmente gostava de fazer e o motivo de as mãos estarem ásperas. E o exercício no rancho fizera com que emagrecesse naturalmente. Depois de conversar brevemente com Maude, ela desligou, sentindo-se exausta pelo esforço de soar alegre no telefone. Tudo exigia esforço e tentar fingir que tudo estava bem era muito doloroso. Não estava bem. Max saíra completamente de sua vida e ela sentia como se tivesse perdido uma parte de si mesma que nunca mais encontraria.

Você é Mia Hamilton. Não precisa mais ser Mary Peterson.

Ela fora Mary Peterson para todos, exceto Maude e Harold, que sabiam exatamente quem era por causa das visitas de quando era mais nova, quando passara os verões ali com a avó. Eles tinham sido amigos da avó e Mia não teria conseguido enganá-los. Apesar de terem se passado muitos anos, eles se lembravam dela, mas mantiveram o segredo. Houvera pouquíssimas pessoas que a conheceram, mesmo como Mary Peterson. Ela vivera em isolamento no rancho, indo até Billings apenas para buscar suprimentos, vender as joias que fazia e para as sessões de terapia.

Não importa se agora todos sabem quem eu sou. Não vou mais manter segredos. Estou tentando atrair Danny para cá, para longe da minha família.

Ainda assim, era improvável que alguém a reconhecesse, mesmo que não planejasse mais esconder a verdadeira identidade. Os vizinhos estavam ocupados demais nos próprios ranchos para ler as fofocas sociais da Flórida e ela sempre ficara fora da mídia o máximo possível. Mesmo quando fosse a Billings para ver novamente pessoas conhecidas, ninguém saberia quem era, quem foram seus pais, se dissesse a elas seu verdadeiro nome. Era algo que adorava ali. As pessoas gostavam ou não dela por causa da pessoa que era, não pelo dinheiro que tinha ou pela família a que pertencia.

Mia atravessou novamente a sala de estar, passou pelo corredor e entrou em um dos quartos que convertera em oficina. Como sempre, o lugar estava caótico, exatamente da forma como o deixara. Mas a desordem era uma bagunça organizada. Ela sabia onde estava cada pedra, conta decorativa e pedaço de metal. Na ausência da disponibilidade de pedras preciosas e metais com que normalmente trabalhava, Mia começara a fazer joias inspiradas nos nativos norte-americanos e sentira uma satisfação que nunca tivera ao trabalhar com joias caras sem significado verdadeiro. Agora, cada joia que fazia era um trabalho de amor, cada artigo, fosse um anel, uma pulseira ou um par de brincos, continha uma parte dela.

Milagrosamente, os itens exclusivos que criava tinham feito sucesso e ela vendia o suficiente para sobreviver sem precisar tocar no dinheiro que Travis lhe mandava.

É por isso que fico de olho nos preços, não gasto demais. Queria sobreviver por conta própria e consegui. A única vez em que usara o dinheiro que Travis mandara fora para comprar a caminhonete um tanto velha, uma necessidade por viver tão longe da cidade.

Andando sem rumo, ela entrou no quarto e o olhar voou imediatamente para a cômoda.

Ainda está aqui.

Sem realmente pensar no que fazia, ela andou até a cômoda, pegou a aliança e colocou-a no dedo. Isso fez com que sentisse felicidade e tristeza.

Eu não devia tê-lo encontrado de novo. Devia ter esperado para falar com Travis e partido.

— Agora ele vai me odiar de verdade — sussurrou ela para si mesma com a voz angustiada. Mas precisara fazer aquilo, precisava que ele a odiasse e nunca tentasse encontrá-la.

Ela sentira tanta falta dele. Não houvera um dia desde que o deixara pela primeira vez que não morrera de vontade de vê-lo, que não sentira como se um pedaço de si mesma estivesse faltando. Enquanto tivera aquele buraco na memória, não conseguira se lembrar de como fora estar longe dele. Agora, ela se lembrava e a dor fora imensa. O único consolo que tivera fora o de saber que a família estava em segurança.

Ela tentou tirar a aliança novamente, mas não conseguiu. O peso do anel de platina com belos diamantes lhe dava um pouco de conforto. Não era muito, mas ajudava.

Voltando à cozinha, ela discou o número do escritório de Travis, mas ele não atendeu. Pelo jeito, trocara o número do celular em algum momento nos anos anteriores e ela não sabia o número atual. Ela tentou o número de Kade, mas caiu na caixa de correio de voz e ela desligou sem deixar uma mensagem. Kade raramente levava o celular, um hábito que adquirira por ter estado sob os holofotes por tanto tempo. O telefone tocava constantemente e ele não tinha paz, a não ser que o desligasse ou deixasse em casa.

Ela passou os dedos sobre os números no telefone, tentada a telefonar para Max só para dizer a ele que sentia muito e que o amava demais.

— Não! — disse ela em tom duro, colocando o telefone de volta no gancho. — Não pode nunca mais falar com ele. Precisa se separar completamente dele. Você é perigosa para ele.

Havia tanta coisa que Max não sabia, tanta coisa que ela nunca contara a ele. O que ele pensaria dela se soubesse de verdade como fora burra, como ficara traumatizada por causa do passado?

Duas mulheres em um corpo.

Agora ela sabia exatamente por que se sentira daquela forma. Ela só se lembrara da mulher que fora antes de fazer terapia, antes de descobrir como lidar com o passado. E passara a gostar da mulher que encontrara sob a pessoa disfuncional que era.

Max se apaixonara por uma ilusão, por uma mulher que ela amarrara para agradá-lo, criando uma personalidade que não era real. Mas não a conhecia realmente. Nunca conhecera.

Também nunca conheci Max completamente, mas eu o amava. Ainda o amo.

Mia enterrou aqueles pensamentos, sem querer pensar na agonia de ainda amar Max como amava. Ele não revelara todas as emoções, mas não escondia o tipo de segredo que ela nunca lhe contara, as partes horríveis de seu passado. O que ele pensaria de uma mulher que fora burra o suficiente para se envolver com um homem que não tinha consciência, que não tinha problemas em matar as pessoas com quem ela se importava? O pai dela fora insano. Danny era um sociopata assassino.

Mia ouviu o carro se aproximar pelo caminho antes mesmo que ele chegasse à casa. Os pneus fizeram barulho na terra e nas pedras quando um veículo percorreu o longo caminho sinuoso. O coração de Mia começou a bater mais forte e ela correu para a cozinha para pegar o telefone sem fio com a mão trêmula. Apesar de estar disposta a sacrificar qualquer coisa para manter Max e os irmãos em segurança, e era o que pretendia fazer, não estava ansiosa para enfrentar as consequências dos próprios atos. Poderia estar morta muito antes de a polícia chegar.

Espiando pela janela ao lado da porta da frente e ligando a luz da varanda, ela viu um carro esportivo preto parar ao lado do veículo alugado. Uma figura sombria saiu, uma pessoa grande e alta. Sem conseguir distinguir o rosto, ela espremeu os olhos para focalizar as feições quando o homem entrou no círculo de luz lançado pela luz da varanda.

F. A. Scott

Ele tropeçou, dando um passo desajeitado ao xingar e avançar novamente, revelando finalmente o corpo inteiro. As pernas de Mia fraquejaram de alívio e, em seguida, de terror.

Max. Ah, meu Deus. Não!

Ele finalmente conseguiu chegar até a porta e desapareceu de vista. Mia ainda conseguia ouvi-lo resmungando ao bater na madeira e gritar: — Abra a porta, Mia. Sei que você está aqui.

Correndo até a porta, ela a destrancou e abriu.

Pela primeira vez na vida, Max parecia totalmente desarrumado.

Pela primeira vez na vida, Max parecia totalmente bêbado e sujo.

E, pela primeira vez na vida, Max não parecia feliz em vê-la.

Capítulo 8

Era uma situação muito triste quando um homem precisava de uma boa quantidade de coragem alcoólica para enfrentar a própria esposa!

Max estava bêbado e sabia disso. Ok... ele meio que sabia, mas tentava muito se convencer de que não estava. Talvez ficar parado na entrada do rancho de Mia e beber alguns goles da garrafa de uísque que comprara em Billings não fora uma ideia tão boa assim. No momento, ele alternava entre ser "rei do mundo" e "imperador dos idiotas".

— Max... você andou bebendo? — perguntou Mia atônita.

Bingo. Alguém dê um prêmio à mulher.

— Bebi um pouco — respondeu Max, mentindo descaradamente. Ele bebera mais do que um pouco. Muito? Bastante? Sim... ele achou que um desses seria mais preciso.

Ainda assim, vê-la à sua frente, parecendo tão linda como sempre, vestida casualmente com calças *jeans* e uma camiseta vermelha, quase o matou. Talvez o álcool não tivesse ajudado a melhorar a dor nem um pouco, pois o peito doía só de olhar para ela. Ela parecia... preocupada e ansiosa. E, quando ele viu os olhos azuis piscarem com medo, quase perdeu o controle. Ela estava com medo dele ou do confronto? Ela parecia preferir fugir. Por outro lado, ele também o fizera. Só não fizera com outra mulher.

— Você nunca bebe muito — resmungou ela, recuando um passo para deixá-lo entrar. — E você nunca bebe e dirige.

Não. Ele normalmente não fazia isso. Na verdade, ele nunca ficara bêbado, o que talvez fosse o motivo para ter tanta dificuldade em decidir se estava ou não embriagado de verdade. — Não dirigi enquanto estava bebendo, exceto no caminho da sua casa. Que, por falar nisso, está cheio de buracos. — E, naquele estado possivelmente inebriado, ele caíra em todos os buracos.

Ele cambaleou para a sala de estar, esforçando-se muito para não cair, quando ouviu uma risada.

— Você está completamente bêbado, Max — informou Mia, com o olhar preocupado, mas sorrindo de leve. — Quanto você bebeu?

— Não sei — respondeu ele com sinceridade. Porque, na verdade, ele não se lembrava o quanto bebera da garrafa. Ele quisera o suficiente para ficar amortecido, o suficiente para impedi-lo de reagir a Mia. O problema era que ele não achava que havia álcool suficiente no mundo para conseguir aquilo.

— Como você sabia que eu estava aqui? — perguntou ela com cautela.

— Seus irmãos. Não tenho certeza... mas acho que matei Travis — respondeu ele em tom divertido. Ele tinha certeza de que Travis não estava morto, mas levara uma surra e lembrar-se daquilo deixou Max muito feliz.

— Você não matou o meu irmão e não devia ter brigado com ele. Travis só está tentando me proteger — disse ela calmamente, com as mãos na cintura ao olhar para ele. — Foi assim que conseguiu esse corte no olho? Está sangrando.

Merda. Travis conseguira acertar alguns socos enquanto tentava se proteger. Mas, no momento, Max não sentia dor alguma. — É? Se você acha que eu pareço mal, deveria dar uma olhada nele — resmungou Max, muito ofendido por Mia não tê-lo levado a sério quando dissera que matara o irmão dela. — Ele luta como uma mocinha — acrescentou ele, sabendo que estava mentindo. Se

Travis tivesse tentado de verdade e Kade não tivesse interrompido a briga, Max não tinha dúvidas de que os dois estariam na sala de emergência naquele momento. — O idiota devia ter me contado. Você é a minha mulher. Eu tinha o direito de saber que você me deixou por outro homem.

Mia estendeu a mão e tocou de leve nos ferimentos do rosto dele.

— Ai, Max. O que eles lhe disseram? Isso não é...

— Eu quero odiar você. Eu deveria odiar você. Mas que merda, eu não consigo — disse Max em voz rouca, odiando-se por ainda não ser capaz de olhar para ela e evocar todo o ódio que deveria sentir por uma esposa que o deixara desolado e com o coração partido por mais de dois anos, fazendo com que tudo o que sentira, e ainda sentia, parecesse uma grande piada... às custas dele. — Sabia que, quando achei que você estava morta, eu também quis morrer? Eu não queria continuar a viver sem você. — Max sabia que eram palavras de um bêbado, dignas de pena, mas não se importou. — Eu estava completamente obcecado por você, tão fora de controle que tive que enterrar isso para me conter. E o tempo todo, a sua mente estava em outro homem. — Ele estendeu a mão e agarrou o pulso dela, puxando-a consigo para o sofá de couro, caindo sobre ela. Ele podia estar bêbado, mas, ao encará-la, não pôde deixar ver o olhar atormentado e angustiado em seu rosto. Ela estava com pena dele? *Puta merda.* Ele esperava que não. A última coisa que queria era a pena de Mia.

— Não sei o que os meus irmãos disseram, mas...

— Eles me disseram que você me deixou por causa de outro homem. Eles me disseram que você se escondeu em Montana, no rancho da sua avó. Todo aquele tempo, você estava viva e feliz em outro estado, vivendo alegremente enquanto eu me atormentava com a ideia de que estava morta, que nunca mais a veria. — Max rosnou furioso agora que parara de sentir pena de si mesmo. Ele nunca fora a alma gêmea daquela mulher. Tudo que acontecera entre eles fora uma mentira. — Por que se casou comigo? Você tinha seu próprio dinheiro — disse ele, enfurecido por ter se derretido pelos belos olhos e pelo comportamento doce de Mia. — E onde diabos está esse outro cara? Você fugiu dele também?

Ela lutou sob ele, contorcendo-se e virando-se para soltar os braços presos sob o corpo enorme. — Eu casei com você porque eu o amava. Não queria mais ninguém. — Finalmente ela conseguiu soltar os braços e segurou os dois lados da cabeça dele, encarando-o ferozmente nos olhos.

Max a encarou de volta, perdendo-se na profundidade dos dois olhos azuis brilhantes que nunca deixaram de hipnotizá-lo. E, naquele momento, só por um breve instante, ele queria muito acreditar nela. Porque, naquele momento... nada fazia sentido. A mente dele girava por causa do excesso de álcool e tudo o que ele conseguia ver eram os olhos ardentes e os lábios tentadores de Mia. Beijá-la parecia ser algo que ele precisava fazer, que tinha que fazer, e que todo o resto fosse para o inferno. Agarrando os pulsos dela, ele os prendeu acima da cabeça de Mia e quase gemeu quando os seios encostaram em seu peito. Ele abaixou a cabeça e cobriu-lhe a boca com a sua, devorando-a como um homem morto de sede. Ela se abriu para ele imediatamente, como uma flor que estivesse esperando para florescer totalmente. Max se deixou aproveitar e, se já não estivesse bêbado por causa do álcool, teria ficado intoxicado por ela. O gosto, o perfume, a resposta, tudo em Mia o encantava e nunca era suficiente. Ele estava completamente perdido.

Subitamente, ele ficou sóbrio. *Ela me traiu. Está me manipulando. E eu estou deixando que faça isso, mesmo sabendo.*

— Caralho. — O palavrão saiu dos lábios de Max quando ele afastou a boca, furioso consigo mesmo. — O que diabos estou fazendo? Devo ter algum tipo de tendência masoquista secreta.

Mia se contorceu para sair debaixo dele, levantando-se e deixando-o deitado no sofá de bruços. Ele viu pontos brancos começarem a se formar diante dos olhos.

Ou o sofá está girando ou estou realmente bêbado.

— Acho que você precisa de um café — disse ela baixinho, afastando-se e indo para a cozinha.

— Eu preciso de você — sussurrou ele, sabendo que ela não o escutaria e sentindo-se mais solitário e abandonado que nunca.

Fechando os olhos por causa da dor que sentia, ele só conseguia pensar nas coisas que Kade e Travis tinham lhe revelado antes que partisse para encontrar Mia.

Ela teve que ir embora...

Havia esse namorado...

Ela estava na casa da vovó em Montana e acho que é onde está agora...

Ela nunca quis magoar você...

Sim, eu a ajudei a desaparecer...

O último comentário viera de Travis e Max não conseguira se impedir de tentar dar uma surra no idiota. Com a conversa ainda flutuando na mente enevoada, ele cedeu à escuridão que ameaçava consumi-lo. Ela lhe daria um período breve em que não precisaria pensar.

Grato por algum tipo de misericórdia, Max prontamente desmaiou.

— Max? — Mia o cutucou devagar e depois um pouco mais forte quando ele não respondeu. Colocando a xícara de café forte na mesinha, ela pegou a chave do bolso dele e saiu, indo até o pequeno carro esportivo que Max alugara. Abrindo a porta, ela imediatamente viu a garrafa de uísque pela metade sobre o banco do passageiro.

— Não foi o suficiente para matá-lo, mas ele terá uma ressaca terrível amanhã de manhã — disse ela em voz alta, ficando atordoada quando alguma coisa saltou nela. O impacto súbito quase a fez cair sentada na terra.

— Tucker — disse ela surpresa, retirando as patas do cachorro do peito e abraçando-o quando ele se sentou no banco dianteiro. O cão lhe lançou um olhar desaprovador, mas lambeu a mão dela enquanto Mia o acariciava, estremecendo de prazer.

Depois que o cão recebeu afeto suficiente, ele saltou e farejou o chão para fazer as necessidades, agindo como se não estivesse inteiramente certo de que gostava do lugar.

— Venha — chamou Mia afetuosamente, levando Tucker para dentro de casa e fechando a porta atrás de si.

Tucker foi imediatamente até onde estava o corpo imóvel de Max, farejando e, em seguida, posicionando-se no chão ao lado do sofá, lançando a Mia um olhar reprovador.

— Ele está bêbado. Não foi culpa minha. Eu não estava lá. Por que você não o impediu? — disse ela defensivamente. Em seguida, riu de si mesma por ter uma conversa com o cachorro e acusar o animal de negligência.

Mia pegou a xícara de café que levara para Max e sentou-se em uma poltrona, perguntando-se por que ele levara Tucker consigo. Para um homem que insistia que ele e o cachorro não gostavam um do outro, eles certamente pareciam muito ligados.

Ela bebeu o café quente, observando Max dormir. As sobrancelhas dele estavam cerradas, como se ele estivesse fazendo uma careta durante o sono.

Desde que Mia o conhecera, nunca vira Max beber mais do que um drinque. Ele nunca fazia nada em excesso e isso incluía beber mais do que podia aguentar. O que o fizera beber daquele jeito?

Talvez ele tenha achado que precisava para olhar para mim de novo.

Mia fez uma careta, tendo a certeza de que fora o motivo para a bebedeira súbita de Max. Por que mais ele teria bebido aquele uísque barato na entrada no rancho?

— Ele me odeia, Tucker — sussurrou ela suavemente para o cachorro, recebendo apenas o que pareceu um aceno como resposta do cão, que inclinou a cabeça. — E ele acha que eu tinha outro homem.

Talvez fosse melhor que Max achasse que ela o traíra daquela forma para que a odiasse completamente, mas Mia ficou imaginando o que os irmãos tinham dito a ele. Ela tentara ligar para o telefone do escritório de Travis e para o celular de Kade enquanto fazia café, mas não teve resposta.

Eu quero odiar você, mas não consigo.

As palavras de Max se repetiram na mente dela, mas Mia sabia que fora culpa do álcool. Cada palavra, cada ação desde que ele entrara por aquela porta fora resultado de uma embriaguez intensa. Nada do que ele dissera ou fizera podia ser levado a sério. Ainda assim, aquele beijo...

— Mia — gritou Max, rolando no sofá até ficar deitado de costas, mexendo-se como se estivesse lutando contra demônios no sono. — Volte — sussurrou ele com voz baixa e desesperada.

Mia colocou a xícara de café na mesa ao lado da poltrona, foi até o sofá e ajoelhou-se. — Max? — Ela passou a mão de leve sobre os ferimentos no rosto dele, fazendo uma careta ao acariciar as áreas roxas e amarelas sob o olho. Mia cutucou Tucker, fazendo com que ele se afastasse para que ela ficasse em seu lugar.

— Mia — chamou ele novamente com a voz ainda mais desesperada.

— Acorde, Max. Você está sonhando — disse ela mais alto e em tom mais firme.

Ele se sentou e abriu os olhos, piscando repetidamente como se a luz os estivesse ferindo. Max olhou em volta até que finalmente o olhar parou no rosto dela. — Você está aqui — disse ele, soando aliviado.

Mia se levantou. — Estou aqui — concordou ela, estendendo a mão para ele.

Ela sabia que Max estava completamente atordoado, pois tinha o olhar vazio, mas ainda assim sentiu o coração bater mais forte quando ele estendeu a mão e pegou a dela sem hesitar, como se confiasse totalmente nela. — Para onde vamos? — resmungou ele ao se levantar com dificuldade.

— Vou levar você para a cama — respondeu ela em tom firme, determinada a levá-lo para um lugar mais confortável onde pudesse dormir.

Ele abriu um sorriso malicioso. — Não vou discutir — disse ele alegre, passando os dedos sobre a mão esquerda dela. — Você está usando meu anel. Conseguiu encontrá-lo.

Mia não queria contar a ele que não tinha perdido a aliança. Ela a deixara para trás, sem saber ao certo quais eram os planos de Travis quando mandara os seguranças. E queria permanecer completamente incógnita. Max Hamilton não era o tipo de homem que fazia as coisas de forma impensada. Ele comprara para ela um belo anel com diamantes suficientes para cegar uma pessoa. Decididamente chamava a atenção e, de forma relutante e intencional, ela o deixara para trás.

— Estou. Eu adoro este anel — respondeu ela com sinceridade, querendo dizer a ele que o anel raramente deixara seu dedo durante o tempo em que ficaram separados. Mas não o fez. Ela o puxou pela mão, levando-o para o quarto.

Parando ao lado da cama, ela quase riu ao ver como Max cambaleava de leve, com um sorriso torto que Mia nunca vira antes. Era um sorriso safado e excitante.

E... ele estava bêbado.

Ela não pretendia tirar vantagem da situação, sem falar no fato de que ele estava tão bêbado que provavelmente não conseguiria ter uma ereção. Ela ergueu os braços dele e puxou a parte de trás da camiseta, sem conseguir ignorar o movimento dos músculos fortes quando ele ergueu os braços para que Mia a tirasse. A respiração dela acelerou ligeiramente quando o peito musculoso e o abdômen bem definido de Max ficaram visíveis. Ela jogou a camiseta no chão, sem ter a menor ideia de onde a roupa caíra. Mia ficou com a boca seca e tentou desesperadamente olhar apenas para o rosto dele enquanto lutava com o botão da calça de Max.

Eu preciso tratá-lo como uma criança que precisa de ajuda neste momento. Ele não está em sã consciência.

Ela tentou... de verdade. Mas ele decididamente não era uma criança e, quando os dedos dela tiveram dificuldade em abrir o zíper da calça por causa do volume enorme sob o tecido, Max sorriu.

— Problemas, querida? — perguntou ele com a voz sensual ligeiramente enrolada.

Dando um passo para trás, ela instruiu: — Tire a calça.

Ele passou a mão pelo abdômen em um deslizar lento e sensual.

— Eu estava gostando mais quando você estava fazendo isso

— respondeu ele em uma voz tão sensual que Mia quase saltou sobre ele, sem se importar que estivesse bêbado.

Ele abriu o botão com um movimento rápido e lentamente baixou o zíper.

E eu que achei que ele não conseguiria ficar de pau duro por causa da bebedeira.

Max começou a puxar a calça para baixo, tirando também a cueca. Ela segurou o elástico da cueca, mantendo-a sobre os quadris dele enquanto Max tirava a calça.

— Tire — insistiu ele, puxando a cueca de listras vermelhas e pretas.

— Não — retrucou ela. Mas que merda. Havia um limite para o que uma mulher podia aguentar e, mesmo no estado em que estava, Max era um homem muito excitante. Ela o empurrou com força no peito, desequilibrando-o para que caísse na cama.

Ele se reposicionou, rastejando em direção à cabeceira da cama e jogando-se de costas sobre os travesseiros. — Estou solitário — resmungou ele, batendo com a mão na cama.

Ah, não. Nem pensar. Ela não subiria naquela cama.

— Eu amo você — disse ele em voz rouca. — Venha ficar perto de mim. Estou com saudades.

Aquela nota de vulnerabilidade, o fato de que estava abrindo-se completamente para ela mesmo depois de ser magoado, fez com que se emocionasse. As lágrimas escorreram pelo seu rosto quando ela olhou para o marido, o homem por quem se apaixonara perdidamente, pedindo nada mais do que a presença dela. Sim. Claro. Ele estava bêbado, mas o olhar de Max era tão desprotegido e desarmado no momento que o coração dela se despedaçou.

Ela tentou mentalmente marcar coisas na mente, concentrando-se no que precisava fazer para consertar a própria situação, mas não funcionou. Max a chamava e, naquele momento, precisava dela. E Mia não podia negar isso a ele.

Ele me odiará amanhã. Provavelmente veio para discutir o divórcio e acabar com isso o mais depressa possível. Ele precisou de muito álcool apenas para conversar comigo. Está completamente bêbado no momento.

Havia todos os motivos para ignorá-lo, mas ela não conseguiu. Seria a última vez que tocaria nele e a tentação era grande demais para reprimir. Tirando os chinelos, ela subiu na cama e deitou-se ao lado dele, suspirando quando os dedos encontraram a pele quente. — Eu também amo você — admitiu ela, sabendo que ele provavelmente não se lembraria de nada daquilo na manhã seguinte e achando melhor que fosse assim. Mas as palavras saíram de seus lábios involuntariamente, pois precisava dizer aquilo a ele uma última vez.

Os braços quentes e protetores se fecharam em volta dela. Mia deitou a cabeça no ombro de Max, dando a si mesma aquele momento roubado de sentir a felicidade que sempre sentia quando estava com Max. O relacionamento deles nunca fora confortável nem levemente feliz. Para ela, sempre fora uma montanha-russa sem fim. Talvez, se estivessem casados por muitos anos, se estivessem juntos por décadas, as emoções dela teriam se estabilizado, mas Mia duvidada. Ela não dera o coração a Max. Ele o roubara. O órgão teimoso saltara do peito dela e entrara no dele no momento em que se conheceram.

Amor louco.

A tensão nos braços de Max cedeu, mas ele não a soltou, nem mesmo depois de adormecer. Mia relaxou contra ele e suspirou, tentando absorvê-lo inteiro na alma, tentando manter cada sensação presa na memória.

Ele poderia odiá-la no dia seguinte. Mas ela teria ido embora.

Capítulo 9

Max! Onde diabos está a minha irmã?

O grito masculino alto arrancou Max do sono, fazendo com que se sentasse na cama. Mas, rapidamente, ele caiu novamente sobre os travesseiros. Merda. Ele sentiu as entranhas se contraírem e engoliu em seco, tentando fazer com que a cabeça parasse de latejar. Era como se uma marreta estivesse batendo dentro do crânio.

Piscando repetidamente ao abrir os olhos, dois homens entraram em foco, dois caras furiosos. Ele precisou de um momento para identificá-los como Kade e Travis, com o foco um pouco borrado.

Ele ergueu a mão fracamente. — Parem de gritar. Minha cabeça está pronta para explodir. — Ele fez uma careta quando a própria voz aumentou a dor de cabeça excruciante.

— Ninguém estava gritando — respondeu Kade, rindo. — Minha nossa, você deve ter ficado muito bêbado.

— Café e aspirina — disse Travis calmamente, virando-se e saindo do quarto.

— Você está horrível, companheiro. O que diabos aconteceu? Onde está Mia? — perguntou Kade curioso.

Max fechou os olhos, vendo apenas *flashes* de cenas da noite anterior. Elas eram reais ou fruto da imaginação? Ele não fazia ideia. Só o que sabia era que fora a Montana como um doido para ver a esposa que não tinha o menor desejo de vê-lo. — Ela sumiu? — Ele gemeu ao tentar se sentar, lembrando-se vagamente de chegar à cama de Mia. Ou, na verdade, de ser colocado na cama pela esposa. Era melhor que ela estivesse por perto. Ele estava ficando cansado de perseguir uma mulher que vivia fugindo dele. Em que diabos estivera pensando?

A verdade era que ele não pensara. Fora movido pela raiva e pela adrenalina. Quando finalmente chegara à casa de Mia em Montana, ele questionara a si mesmo e à própria sanidade. Quase dera meia volta e partira, mas, depois de tomar vários goles daquele uísque horrível, decidira que precisavam conversar, mas esquecera do motivo pelo qual aquela conversa era necessária.

— Bem, ela não está aqui. E uma caminhonete, que suponho ser dela, ainda está em frente à casa. — Kade lhe lançou um olhar desgostoso.

— Ela tinha um carro alugado. Deve tê-lo pegado no aeroporto. — Max lembrou de ter visto o veículo compacto estacionado ao lado de uma caminhonete antiga.

— Então ela foi embora — disse Kade. — Mas que droga.

— Vou ficar longe dela. Talvez ela pare de fugir. — Max se sentiu resignado. Parecia que Mia não fazia nada além de fugir dele. Portanto, precisava parar de persegui-la. De qualquer forma, não adiantava muito.

— Ela não está fugindo de você, cara. Ela está com medo — respondeu Kade com raiva.

— Do quê? — perguntou Max perplexo. Ele virou o corpo e colocou os pés no chão, lançando um olhar curioso a Kade.

— É uma longa história que você precisa escutar. Tome um banho, pelo amor de Deus. Você está fedendo a álcool. Desde quando fica bêbado? — Kade deu um passo atrás, abanando a mão no ar para se livrar do cheiro.

— Desde que a sua irmã decidiu me deixar de novo por outro homem — retrucou Max. A irritação e o que ele supôs ser uma ressaca enorme estavam acabando com a paciência dele.

— Precisamos deixar uma coisa bem clara. — Kade estava gritando agora. — Minha irmã ama você. Não faço ideia do motivo. Pessoalmente, acho que você é um grande imbecil, mas ela, obviamente, não vê isso. Ela não o deixou por outro homem. Ela o deixou por causa de outro homem. Há uma grande diferença. Se você tivesse ficado para escutar o que Travis tinha a dizer, em vez de tentar matá-lo, saberia de toda a verdade agora. Tome um banho e junte-se a nós na sala de estar antes que me irrite o suficiente para que eu arrebente o outro lado da sua cara.

Max raramente vira Kade com raiva e o acesso de fúria do cunhado o pegou de surpresa. Ele viu Kade se virar e sair do quarto, deixando-o sozinho com os próprios pensamentos e com a ressaca.

Ele encontrou o banheiro e tomou um banho enquanto ponderava sobre as palavras de Kade. O que diabos aquilo queria dizer? De quem ou do que Mia estava com medo... e por quê?

Sentindo-se quase humano de novo, ele foi para a sala de estar, vestindo a mesma roupa que usara no dia anterior. Ele colocara algumas coisas em uma sacola, mas estavam no carro.

Kade saiu da cozinha carregando duas xícaras de café. Silenciosamente, ele entregou uma aspirina a Max, que a engoliu imediatamente. Em seguida, Max começou a beber o café.

Travis já estava sentado em uma das poltronas, lendo um jornal com uma xícara de café na mão e Tucker sentado a seus pés.

— Traidor — resmungou Max para o cachorro, ligeiramente satisfeito ao notar que Travis parecia tão destruído quanto ele.

Ele se sentou no sofá, bebendo o café em silêncio. Tucker lhe lançou um olhar de desculpas e aproximou-se para sentar aos pés dele.

Travis largou o jornal e Kade se sentou na outra poltrona. Os dois irmãos o encararam com expressão hostil.

— Não sei para onde ela foi. Eu fiquei bêbado e nós... conversamos. Ela estava aqui quando eu peguei no sono — declarou ele. — Não sei por que ela foi embora nem sei para onde foi. Ela fugiu. De novo.

É algo que Mia parece saber fazer de forma excelente. Suponho que não havia bilhete algum dessa vez.

— Nada. Do que você se lembra? — perguntou Kade, com a expressão relaxando para um olhar apenas ligeiramente contrariado.

— Não muito — respondeu Max honestamente. — Eu lembro que ela estava aqui quando peguei no sono. Tenho alguns espaços vazios nas minhas lembranças de ontem à noite. Não sei ao certo o que foi real e o que imaginei. — Ele odiou aquilo. Não era de se espantar que nunca tivesse ficado bêbado.

— Bem-vindo à manhã seguinte, senhor Perfeito — disse Kade em tom mordaz. — Pena que eu não estava aqui para ver. Max Hamilton, o cara que nunca perde o controle, totalmente embriagado? Eu teria pagado muito para ver esse espetáculo.

— Não haverá repetição. Foi uma apresentação exclusiva — resmungou Max, jurando nunca mais ficar tão bêbado. A manhã seguinte não valia a pena. Ele se sentia como se tivesse sido mastigado e cuspido por um monstro mitológico com dentes afiados. — Conte-me sobre Mia. — A mente dele estava concentrada em uma coisa no momento: a esposa desaparecida. — Ela está em segurança?

— Tenho uma equipe de detetives à procura dela no momento. Devo ficar sabendo onde ela está em breve. Obviamente, ela voltou para o aeroporto. Ela alugou o carro lá e não há muitos outros meios de transporte para sair daqui. — Travis falou pela primeira vez. A voz dele era bem modulada e contida e ele falava como se estivesse em uma reunião de negócios. A única coisa que o denunciava eram os olhos. Ele tinha aquele olhar glacial que exprimia uma emoção descontrolada. — Para encurtar a história, ela se envolveu em um relacionamento ruim na época da faculdade. O idiota finalmente foi preso e achamos que tinha terminado. Ele saiu da prisão logo antes de Mia desaparecer pela primeira vez, ameaçando matar você, Kade e eu se ela não voltasse para ele. Ela ficou com medo e eu a ajudei. Ela é minha irmã e a segurança dela era minha preocupação principal.

— Ela era a minha mulher. Por que você não me contou? Eu a teria protegido — respondeu Max furioso, pronto para bater novamente em Travis.

— Você não estava disponível. Na verdade, Danny estava com Mia quando o seu avião decolou. A sua cabeça estava na mira de um fuzil e ele estava pronto para estourar seus miolos. A sua mulher salvou a sua vida — retrucou Travis. — Danny Harvey era um criminoso, completamente insano, e pronto a fazer o que fosse preciso para ter Mia de volta. Ele também era um atirador de precisão que conseguia acertar um alvo a longa distância. Ele ganhou várias competições quando era jovem. Raramente errava o alvo.

— E por que Mia estava com ele? Ela não podia ter amado alguém assim — perguntou Max.

Kade respondeu: — Ela tinha vinte e um anos, um pai que era um alcoólatra inveterado e completamente insano. Ele batia na mulher e nos filhos com frequência. Mia sofreu nas mãos do meu pai. Todos nós sofremos. Você acha mesmo que ela sabia o que era amor? Acha que ela sabia o que era normal? — Kade se inclinou para a frente com os punhos cerrados. — Eu não estava lá, você não estava lá e Travis era a única coisa entre ela e ele. Eu também fiquei furioso, Max, quando descobri que ele fora o responsável por escondê-la. Mas talvez eu tivesse feito a mesma coisa se fosse para manter Mia em segurança.

— Você devia ter me contado. Eu achei que ela estava morta. — Max ainda não estava convencido. Mas que merda, era a mulher dele.

— Durante todo aquele tempo, eu sofri com a morte dela.

— Também não foi nada fácil para ela. Acha que ela queria partir? Ela estava com medo de que ele matasse você. Ela fugiu para manter você seguro. Não se importava nem um pouco com o que acontecesse com ela. Sou testemunha disso, pois vi a forma como ele acabou com ela. — A voz de Travis estava raivosa. — Na época da faculdade e antes de ela desaparecer.

— Você sabia quando ela estava na faculdade? — perguntou Max.

— Não imediatamente. Ela foi para a faculdade na Virgínia. Meu pai queria que ela fosse para a faculdade na Flórida e fizesse administração, mas não era o que Mia queria. A vovó fazia joias quando era viva e era isso que Mia queria fazer. Mia recebeu esta casa e o fundo como herança, mas ainda não tinha controle de nada.

Teve que se enterrar em empréstimos estudantis que poderia pagar mais tarde para ir para a faculdade na Virgínia que tinham os cursos que ela queria para se tornar *designer* de joias. — Travis soltou um suspiro alto, pausando por um momento. Em seguida, continuou: — Kade e eu também estávamos na faculdade, mas, quando terminei meu curso e comecei a trabalhar, decidi ir para a Virgínia para fazer uma surpresa para Mia. Acabei mais surpreso do que ela quando vi o que estava acontecendo. — A voz de Travis falhou, um pequeno buraco no escudo emocional dele.

— O que aconteceu? — perguntou Max, sem ter certeza de que queria saber. Mas precisava ouvir. — Ele a machucou?

— Sim — confessou Travis. — Bastante na época em que fui visitá-la. Mas, mesmo durante toda aquela situação horrível, ela trabalhava meio expediente e tinha excelentes notas. Estava praticamente pronta para começar o mestrado. E ele estava tentando convencê-la a não fazer isso... com os punhos. Não queria que ela acumulasse mais empréstimos. O idiota queria que sobrasse bastante dinheiro do fundo quando ficasse disponível para ela.

— Filho da puta! — explodiu Max, tão furioso que queria matar o cara. Como um homem podia ferir Mia? — Como ela se separou dele?

— Ela não precisou. Ele foi para a cadeia. Acho que estava tentando sair do relacionamento havia algum tempo, mas ele realmente a dominava — respondeu Travis, colocando a xícara de café sobre a mesa e recostando-se na poltrona com os braços cruzados.

— Quais foram as acusações? — perguntou Max, estreitando os olhos ao olhar para Travis, lendo algo que não fora dito.

— Ataque com arma mortal. Bem grave — respondeu Travis.

— Você armou para ele — adivinhou Max, quase certo de que Travis fora o homem que colocara o imbecil na cadeia.

— Fui para ter uma discussão com ele. Digamos apenas que garanti que houvesse testemunhas.

— Mia sabia disso? — Max estava furioso, com a mente gerando vários cenários de Mia ferida, Mia chorando, Mia sangrando.

— Não — respondeu Travis calmamente. — Ela tinha os estudos e o trabalho com que se preocupar. Ela só ficou sabendo que ele seria preso e que estaria segura. Era só o que precisava saber. Max mal notou quando Kade se levantou e tirou a xícara vazia de sua mão. Ele a soltou, com a mão trêmula de raiva ao largar a alça. — E na última vez? — perguntou Max, lançando um olhar ressentido a Travis.

— Ele a pegou de surpresa quando ela deixou o carro em um estacionamento. Ela dispensara a sua segurança, dizendo a eles que iria comigo e com Kade e que tínhamos nossa própria segurança. Ela disse a eles que tirassem uma folga, pois não queria que a seguissem pela cidade. Danny a colocou dentro do carro dele antes mesmo que ela percebesse o que estava acontecendo. Foi na manhã em que você viajou e ele a levou para uma área perto do seu jatinho, forçando-a a assistir enquanto mostrava como seria fácil matá-lo — explicou Travis, pegando a xícara que estava sobre a mesa e tomando um gole do café. Ele fez uma careta ao perceber que estava frio.

— Ela é uma mulher inteligente. Disse que iria com ele, deu-lhe tudo o que o cara queria ouvir, mas disse que precisava de um dia para resolver algumas coisas primeiro. Ela finalmente o convenceu a deixá-la ir ao dizer que precisava preparar tudo para receber o fundo de pensão. De alguma forma, ela o convenceu a encontrá-la na manhã seguinte, fazendo com que pensasse que queria ir com ele. Acho que ela nem queria me contar nada, mas pediu minha ajuda e eu não podia recusar. Preparamos a cena na praia, torcendo para que ela fosse considerada morta, e eu a levei para Tampa o mais depressa possível. Eu queria contar a você, Max. E queria que Kade soubesse que ela estava viva. Mas não sabia como vocês dois reagiriam. Eu não podia arriscar alguma pista que levasse a Mia. O homem era psicótico, provavelmente mais insano que o meu pai e cem vezes mais perigoso. Eu a queria em segurança e precisava de tempo para encontrá-lo. Não me dei conta de que poderia levar mais de dois anos para encontrar o filho da puta — resmungou Travis.

— E a polícia? — perguntou Max, já certo de que sabia a resposta. Ele lidara pessoalmente com a polícia no caso de Mia e duvidava que teria querido dar a Danny tempo para levar Mia para longe.

Kade voltou à sala de estar, entregando a Max uma xícara cheia de café ao responder: — Nosso pai era doido. Você tem ideia de quantas vezes a polícia foi à nossa casa por problemas domésticos, normalmente denunciados pelos vizinhos? A família Harrison era famosa de um jeito ruim. Acha mesmo que eles a teriam levado a sério? Eles teriam feito o trabalho deles, mas isso teria alertado Danny e provavelmente não o deteria. Não há muito que podem fazer sobre esse tipo de gente.

— Mas ele a feriu — argumentou Max, tendo dificuldades em dizer aquelas palavras.

— Não havia testemunhas. Nenhuma prova de que ele era o culpado. Não teriam prova nenhuma para prendê-lo imediatamente. Acha mesmo que teríamos certeza absoluta de que ela estaria segura? — perguntou Travis em tom amargo. — Lamento, Max. Eu não quis arriscar com minha irmã nem com Kade. Ela precisava desaparecer por algum tempo até que eu conseguisse encontrá-lo. Se eu soubesse que o filho da puta ia sair da prisão tão cedo, teria mandado segui-lo.

— Por mais de dois anos? Você devia ter me contato. Ela é minha mulher e eu devia protegê-la.

— Antes de ser sua mulher, ela é minha irmã — destacou Travis.

— Eu não sabia — respondeu Max, uma declaração assombrada.

— Ela nunca me contou. Eu deveria ter sabido que ela estava em perigo. Eu deveria ter sabido sobre ele.

Alguma vez eu me abri para ela? Ela achava que tinha motivo para confiar que eu não fosse julgá-la? Ela estava tentando ser a esposa perfeita, tentando me agradar.

— Você não é adivinho, amigão — respondeu Kade. — Ela obviamente não queria tocar no assunto. Eu também não sabia. E ele estivera na cadeia por anos. Ninguém podia prever o que ele faria quando saiu.

— Eu estava ocupado fugindo do que sentia por ela. E ela estava tentando se transformar na esposa perfeita. Não foi só culpa dela.

Eu não estava exatamente acessível. Eu não estava "vendo" Mia de verdade — admitiu Max, sabendo que isso era verdade. Mia fora a única mulher da vida dele, mas eles passaram dois anos dançando em volta um do outro, tentando ser o que o outro queria que fossem. De certa forma, tinham sido próximos, dividiram muitas coisas, mas nada das coisas importantes. Nenhum dos dois estivera pronto para dividir as coisas emocionais sobre as quais realmente deveriam ter conversado, ajudando um ao outro.

— E se você a tivesse visto? — perguntou Kade em tom sombrio. Max deu de ombros. — Eu a teria amado do mesmo jeito. Mas talvez tivesse conseguido permitir que ela fosse quem era, sem tentar me agradar. Talvez eu tivesse afastado o foco de mim mesmo por tempo suficiente para perceber que ela também precisava de mim.

O silêncio pesado entre os três homens foi quebrado subitamente quando uma música começou a tocar perto do quadril de Travis. Max olhou para ele surpreso quando Travis colocou a mão no bolso da frente da calça para silenciar o toque.

— A maldita secretária andou mexendo no meu telefone de novo — resmungou ele, tocando no botão do telefone para atender. Ele se levantou e andou em direção à cozinha para falar ao telefone.

— Não culpe Travis — pediu Kade baixinho. — Crescer com o meu pai por perto não foi fácil e ele estava tentando proteger Mia. Nós crescemos tentando protegê-la do nosso pai. Travis pode ter sido um pouco esquivo, mas Mia implorou a ele que não contasse a ninguém. Ela estava com medo por todos nós.

— Eu não o culpo. Muito — admitiu Max, tanto para Kade quanto para si mesmo. — Eu deveria ter sabido mais sobre o passado dela. Devia tê-la protegido eu mesmo. Mas aquele filho da puta é meu. Ele é um homem morto — advertiu ele com uma expressão mortal nos olhos.

— Ele já está morto — respondeu Kade. — É por isso que estamos tentando falar com Mia. Quando ela perdeu a memória, obviamente Travis não podia dizer nada. Mas ele precisava que ela soubesse que Danny está morto. Ela está fugindo porque não sabe. Ainda está tentando nos proteger. Eu sei que ela deixou aquele bilhete e fugiu de novo tentando proteger você. Ela ama você, Max. Se não entende o resto todo, pelo menos isso você deve saber.

— O cara está morto. Foi Travis? — perguntou Max, furioso por saber que nunca teria a chance de acabar com aquele imbecil.

Kade deu de ombros, como se o irmão matasse pessoas todos os dias. — Ele não admite. Disse que finalmente encontrou Danny no Colorado e foi ter uma conversa com ele. — Ele ergueu a sobrancelha para Max ao continuar: — Sabemos exatamente o tipo de "conversa" que Travis teria com alguém que ameaça a família dele. Ele disse que Danny fugiu antes que conseguisse colocar as mãos nele. Travis entrou no carro e perseguiu Danny em uma estrada sinuosa nas montanhas. Danny cometeu um erro fatal na direção e o carro saiu da estrada, caindo pelo lado da montanha. Travis confirmou que ele estava morto antes de mandar o pessoal dele para escoltar Mia de volta para casa.

Erro fatal na direção? Ora, Travis fora piloto profissional de corrida antes de voltar a atenção para o negócio do pai. O idiota não tivera a menor chance. Travis podia fazer manobras que deixariam outros homens tremendo de medo. — Travis o jogou para fora da estrada com as manobras dele — declarou Max em voz alta.

Kade sorriu. — Você acha?

— Fico feliz em saber que o filho da puta está morto. Só lamento não ter tido a chance de matá-lo eu mesmo. Eu arrancaria a cabeça dele por ter ferido Mia.

O sorriso de Kade ficou mais largo. — Sabe de uma coisa? Você é cada vez menos o senhor Perfeito. Está começando a soar bastante brutal. O que aconteceu com o Max Hamilton calmo, tranquilo e completamente controlado?

— Eu nunca tive controle algum em se tratando de Mia. Ela me deixa louco — resmungou Max, batendo a xícara de café vazia sobre a mesa com muito mais força do que o necessário. — Por que Travis não entrou em contato com ela quando Danny morreu para contar?

— Ele tinha agentes de olho nela. Tentou telefonar algumas vezes depois que Danny morreu, mas ela não atendeu. Eles não tiveram contato algum depois que ela foi embora. Travis mandava dinheiro a ela de uma forma camuflada para que ninguém conseguisse rastreá-lo, dinheiro em que Mia mal tocou durante todo o tempo em que esteve aqui. Ele não queria que ninguém ligasse os dois de forma alguma. A vovó deixou esta casa para Mia, além do fundo de pensão, mas eu sei que nem pensei nisso. Você pensou? — Quando Max balançou a cabeça negativamente de forma relutante, Kade continuou: — Travis mandou o pessoal dele buscar Mia e levá-la para casa quando não conseguiu falar com ela pelo telefone. Queria encontrá-la no jatinho para contar, mas ficou preso em uma reunião importante. Quando chegou em casa, ela não estava lá. Deve ter chegado na casa dele e saído para o parque quase imediatamente.

— Por que ela foi lá? Sabia que estaríamos no parque? — perguntou Max baixinho, imaginando por que Mia fora diretamente para o parque naquele dia.

— Não sei dizer. Acho que ela viu o convite de Sam na casa de Travis. Ele disse que o convite estava sobre a mesa da cozinha quando chegou em casa. — Kade fez uma careta ao concluir: — É a única coisa que faz sentido. Os cabelos curtos e de outra cor provavelmente foram coisas que ela fez antes de sair de Montana. Ela não sabia que Danny estava morto e provavelmente queria ser discreta.

— Ela foi me procurar — disse Max. A ideia o atingiu no estômago e a esperança começou a crescer. — Ela sabia que eu provavelmente estaria lá, já que o anfitrião do piquenique era Sam.

— Não... acho que ela estava me procurando — retrucou Kade com uma risada, que ficou ainda mais alta quando Max lhe lançou um olhar hostil. — Ou talvez não, pois ela estava encarando você com um olhar amoroso asqueroso.

— Ela parecia... diferente depois do acidente. Ainda era Mia, mas mais... — Max não sabia ao certo como explicar e terminou: — completa. — Ele ainda estava xingando a si mesmo por não ter notado que ela precisara dele antes. Estivera ocupado demais fugindo para perceber que ela estava contorcendo-se e precisava de conforto tanto quanto ele.

— Não acho que tenha sido o acidente que a mudou. Ela fez terapia enquanto estava aqui em Montana. Foi o que ela combinou com Travis.

Ele a fez prometer que encontraria alguém com quem conversar para tentar se curar — disse Kade baixinho. — Acho que ajudou. Eu não a via com frequência, pois estava sempre viajando depois que comecei a faculdade, mas ela parecia diferente de quando era mais nova. Como se estivesse mais confortável dentro do próprio corpo.

Travis saiu da cozinha, guardando o celular no bolso ao dizer: — Ela está no aeroporto. Comprou uma passagem só de ida para Los Angeles.

— Por quê? — perguntou Max em tom agressivo.

— Ela está fugindo. É uma cidade grande — retrucou Travis. — Vai tentar se perder na multidão.

— Quando? Você pegou as informações? — Ele não deixaria que Mia voasse para longe dele. — Que horas são?

Kade não usava relógio e olhou para Travis. — Eu não trouxe o meu celular.

Travis puxou a manga da camisa e olhou para o Rolex. — São nove horas. O voo dela sai às onze e meia.

Max já estava de pé. — Deixe comigo. Vocês dois podem ir para casa. Chegou a hora de eu e minha esposa nos entendermos — disse ele de forma ameaçadora. — Chega de interferências — ele advertiu Travis, lançando-lhe um olhar furioso.

Travis andou até Max e estendeu a mão. — Concordo. Basta não magoá-la que não precisarei matar você. Ela já sofreu muito, Max. Faça-a feliz.

Max olhou de Travis para Kade, subitamente percebendo que os três irmãos tinham vivido um inferno. Talvez Mia lhe contasse mais do que o mínimo sobre a vida que tivera ao crescer se ele lhe desse a oportunidade. O passado a influenciara quando era mais jovem, mas não a destruíra. Max segurou a mão de Travis e apertou-a. — Obrigado por quebrar a minha cara.

Travis sorriu. — Você também.

Naquele momento, ele e Travis se entenderam, um acordo de homem para homem que nunca seria quebrado.

— Vou trocar de roupa no carro. — Max pegou a chave que estava no bolso e correu em direção à porta. Ele precisava pelo menos vestir uma camisa limpa. Ele tomara banho, mas devia ter derramado algumas gotas de uísque na camisa que usava, pois conseguia sentir o cheiro.

— Precisa de uma camisa limpa? — perguntou Kade. — Tenho várias extras.

Max revirou os olhos ao abrir a porta, olhando para a camisa laranja fluorescente de Kade. Ele não tinha certeza do que eram as bolhas cinza e pretas que preenchiam a superfície, mas achou que fossem peixes... ou tubarões.

— Claro que não. Quero que ela volte para mim — disse ele ao cunhado, fechando a porta atrás de si.

— Ei... Mia adora minhas camisas — Max ouviu Kade gritar enquanto corria para o carro.

O cheiro de álcool o rodeou quando ele fechou a porta do carro alugado, que não saía apenas da roupa que usava. Ele pegou a garrafa, baixou o vidro e jogou-a na estrada de terra. Ele a jogaria na lata de lixo quando voltasse. Mia voltaria para casa com ele e ela era intoxicante o suficiente para mantê-lo bêbado para sempre. A bebida fora uma substituta ruim e enevoara parte de suas lembranças. Daquele dia em diante, ele queria se lembrar de tudo, vivenciar cada parte da mulher que amava.

Ligando o carro, ele engatou a marcha e deu a volta, percorrendo a estrada muito mais depressa do que deveria em um lugar cheio de buracos. Mas Max os ignorou, com a mente já concentrada em um só objetivo.

Chega de mentiras.

Chega de joguinhos.

Mia pertencia a ele e já passara da hora de tomá-la completamente, conhecê-la por inteiro, amá-la incondicionalmente. E, quando a encontrasse, nunca mais a deixaria ir.

Capítulo 10

Mia afivelou o cinto de segurança, sentindo o corpo exausto e o coração e alma vazios. Podia estar sentada naquele avião que a levaria para Los Angeles, mas era apenas uma casca, um corpo indo para outro lugar. O coração ficara com Max no rancho.

Ela guardou a bolsa e a mochila sob o assento do avião e recostou-se, fechando os olhos por causa da dor de saber que estava deixando Max. De novo. Talvez passar aquelas poucas horas no abrigo dos braços dele fora um erro, fazendo com que fosse ainda mais doloroso ficar sem ele. De alguma forma, precisaria reconstruir a vida longe de todos com quem se importava. Ela era prejudicial para eles e, se Danny a encontrasse, não queria que ninguém que amava estivesse por perto.

— Vou contar até dez, é o tempo que você tem para tirar esse belo traseiro do avião.

Mia arregalou os olhos em choque ao ouvir a voz profunda de Max vibrando perto de seu ouvido, tão perto que conseguiu sentir o hálito quente acariciar-lhe a têmpora.

— Max? — Ela olhou bem dentro dos olhos tempestuosos dele, tão próximos que precisou inclinar a cabeça para trás. — Você precisa sair do avião. Vamos decolar em breve.

— Um. — A expressão e a voz dele eram implacáveis.

— Max, pare com isso. Você precisa ir embora. — Mia estava em pânico. Não parecia que Max desistiria e ela não podia sair do avião. Mas queria. Como queria sair naquele momento, jogar-se no abraço seguro de Max e deixar que ele a levasse para onde quisesse.

— Dois. — Ele se abaixou e tirou a mochila que estava debaixo do assento, colocando a bolsa no colo dela.

Ele encostou o corpo no dela e Mia tentou não inalar o perfume masculino que a envolveu quando Max se ergueu novamente.

Xingando-se mentalmente, ela relembrou a si mesma que não podia ser fraca. — Estou deixando você, Max. Não quero mais ficar com você. Eu não amo você. — Mentirosa. Ela era uma grande mentirosa. Mas não conseguia pensar em outra forma de fazer com que ele se afastasse. E ela precisava muito que ele fosse embora. Não podia olhar nos olhos dele e dizer que não o amava. Portanto, fixou o olhar à frente, esperando que ele saísse do avião.

— Três.

Mia olhou novamente para o rosto dele. Ele pendurara a mochila sobre o ombro e tinha os braços cruzados em frente ao corpo. Parecia obstinado e determinado a tirá-la do avião. E, no momento, Max Hamilton não parecia nem um pouco contido. Na verdade, parecia certo de que conseguiria fazê-la se curvar à sua vontade.

Ok... muito bem... ela podia ser tão teimosa quanto ele estava sendo no momento. — Eu não vou, Max. — Mia cruzou os braços e franziu a testa.

— Quatro. — Ele estendeu a mão e puxou a fivela do cinto de segurança, abrindo-a com um movimento rápido do pulso.

— Não torne isso mais difícil do que já é. Por favor. — Mia perdera toda a vontade de fingir e seu olhar implorava para que ele parasse. Piscando com força, tentando impedir que as lágrimas de frustração caíssem, ela viu um brilho perigoso nos olhos dele, uma teimosia que a advertiu de que não desistiria.

— Dez. — A palavra mal saíra da boca de Max quando ele a agarrou, tirou-a da poltrona e jogou-a sobre o ombro.

Mia se agarrou à bolsa, batendo com os punhos nas costas de Max.

— Solte-me. Mas que merda. O que está fazendo? — Na verdade, era bastante óbvio que ele a estava carregando para fora do avião, com passos largos e regulares, como se estivesse tentando não sacudi-la demais.

Mia decidiu naquele momento que não havia nada mais mortificante do que ser carregada para fora de um avião cheio. Por sorte, ela estava perto da porta da frente do avião, mas Max não parou para colocá-la no chão, mesmo depois de saírem e descerem a rampa em direção ao prédio principal do aeroporto.

Exasperada, ela disse: — Achei que você ia contar até dez.

— Demorou demais. Você falou demais — respondeu ele abruptamente, caminhando em direção à saída do aeroporto, atraindo olhares das pessoas pelas quais passavam, que variavam de divertidos a alarmados.

Max estacionara na zona de pouso, um local completamente ilegal.

— Aposto como eu teria sido multada — resmungou ela irritada.

Quando ele a colocou no banco do passageiro do carro esportivo, ela tremia de frustração. Ele não disse uma palavra ao afivelar o cinto de segurança dela calmamente, fechar a porta do passageiro e dar a volta até o outro lado. Antes que Mia conseguisse sair, o carro estava em movimento, que ela percebeu ser a intenção dele.

— Você entende que acabou de me sequestrar. Até onde sei, é ilegal levar uma mulher sem a permissão dela — disse ela em tom ríspido. — E como você passou pela segurança?

Max deu de ombros. — Comprei uma passagem para aquele voo.

Para um homem que estivera completamente bêbado na noite anterior, ele não parecia nem um pouco afetado pela quantidade de álcool que consumira. Max manuseou o carro esportivo com confiança em direção à estrada. — Não quero voltar para o rancho. Preciso voltar para aquele avião.

— Não, não precisa — respondeu Max com uma certeza irritante.

— Danny está morto. E você nunca mais vai fugir de mim de novo. Pode ter certeza de que vou lhe dar todos os motivos para ficar.

Danny está morto? Max sabe sobre Danny? Ele sabe, deve saber, e ainda assim veio atrás de mim. Por quê?

O corpo de Mia relaxou subitamente e o pânico desapareceu. — Como você sabe sobre ele? — Travis — respondeu Max com uma irritação perceptível na voz. — Por que você nunca me contou, Mia? — Achei que tivesse terminado e queria deixar essa história no passado. Não achei que você fosse entender que uma mulher pudesse ser tão burra. O que Travis lhe contou? — perguntou ela baixinho.

Acabou. Acabou de verdade. A realidade de que o homem que ela temera por tanto tempo finalmente se fora para sempre ainda não a atingira completamente.

— Ele me contou tudo. O seu relacionamento na faculdade e o abuso. Danny quase me matando e você salvando minha vida. E você não é burra. Travis esqueceu de alguma coisa? — Max entrou na estrada, olhando para ela brevemente com a testa franzida.

— Acabou — sussurrou Mia, envolvendo o corpo com os braços, com medo de acreditar que realmente era verdade. Ela olhou para Max, estudando o perfil dele ao tentar se forçar a aceitar que não precisava mais fugir. Será que Max algum dia a perdoaria, agora que sabia de toda a verdade? Ou sentiria repulsa?

Eu lidei com essas emoções. Não sou a mulher que era há dois anos. Talvez não, mas precisava lutar contra as inseguranças no que dizia respeito a Max. Havia algumas coisas que ela não lhe contara, coisas que ele tinha o direito de saber.

— Seus dias de fugitiva acabaram, querida. Mas você e eu... isso nunca acabará — disse Max em tom perigoso. — A não ser que realmente tenha deixado de me amar e queira terminar tudo.

— Mas a mulher por quem você se apaixonou não existe. Ela nunca existiu — respondeu Mia com sinceridade.

— Para mim, ela existiu e ainda existe. — Max a encarou com um olhar de possessividade feroz que quase fez com que Mia derretesse no banco do carro. — Eu não me importava com as coisas superficiais. Não importava o que você vestia, o que dizia para as outras pessoas nem o que havia no seu passado. Eu me apaixonei por você, a pessoa que sempre esteve lá e ainda está, não importa o quanto mudou para se encaixar em uma imagem que nunca importou para mim. — Max entrou na saída para o rancho e acrescentou: — Agora, quero saber tudo sobre você. Talvez tenha sido culpa minha, pois eu a coloquei em um pedestal em vez de tratá-la como minha esposa. Eu a achava perfeita, mas teria me sentido assim de qualquer forma. Mesmo se soubesse sobre o seu passado, suas inseguranças, suas preferências pessoais, ainda assim teria adorado o chão em que pisava.

— Por quê? — perguntou ela curiosa. — Eu era uma mulher meio louca, que aguentou um relacionamento muito abusivo por mais de um ano. Minha autoconfiança era inexistente e nunca achei que fosse boa o suficiente para você nem mulher suficiente para mantê-lo.

Max entrou na estrada para o rancho ao responder: — Eu também não consigo ser o mesmo homem que era antes, Mia. O amor era real, mas nós dois estávamos fingindo, escondendo-nos.

— E agora? — perguntou ela baixinho.

Chegando ao fim da longa estrada, Max parou o carro na frente da casa e virou-se para ela. — Agora, pretendo mostrar à minha esposa exatamente o que sinto por ela. Amá-la da forma como sempre a amei, mas tive medo de demonstrar. Nós confiaremos um no outro em vez de fugir. Nós nos despiremos completamente de várias formas. — A voz dele era firme, mas ainda tinha um toque de vulnerabilidade.

— Eu confio em você. Sempre confiei. Era em mim que eu não confiava — respondeu ela, hipnotizada pelos olhos dele e pela ferocidade em seu rosto.

O tempo pareceu parar quando os dois se encararam com paixão irrestrita e não havia som algum, exceto a respiração acelerada dos dois, para quebrar o silêncio.

— Merda. Eu preciso de você — disse Max finalmente com voz rouca. Ele abriu a porta do carro e pegou a mochila dela, chegando ao outro lado do veículo antes mesmo que Mia conseguisse soltar o cinto de segurança por causa dos dedos trêmulos.

Max soltou o cinto para ela, que saiu do carro cambaleante, caindo nos braços dele. Ele a pegou no colo e caminhou até a casa. — Chave — pediu ele impaciente.

— No vaso. Estou vendo daqui. Kade e Travis vieram aqui? — perguntou ela sem fôlego.

— Sim.

— Eles nem se preocuparam em escondê-la.

Max pegou a chave que estava no vaso ao lado da porta e destrancou-a, abrindo-a com o pé. Largando a chave na mesa ao lado da porta, ele soltou a mochila e colocou Mia no chão. — Quero que você fique nua agora. Preciso que você me queira e comece a gemer chamando meu nome. Quero sentir cada emoção que tenha enquanto trepo com você até que esteja satisfeita.

— Quarto — disse ela, com o corpo ansioso para se juntar ao dele, um desejo tão primitivo e carnal que estava completamente trêmula. O calor úmido entre as pernas era quase insuportável.

— Não vou aguentar chegar lá — resmungou Max. O som feroz vibrou baixo e perigoso no ar quando ele agarrou a parte debaixo da camisa dela e arrancou rapidamente todos os botões. — Minha. Cada centímetro do seu corpo é meu.

Mia prendeu a respiração quando Max abaixou a cabeça e cobriu-lhe a boca com a sua. O beijo foi possessivo e punitivo, mas Mia adorou. Queria ser completamente possuída, tomada por ele da forma mais primitiva possível.

Amor louco.

O que ela sentia por Max era insano e poderoso e Mia não se importava nem um pouco se ele conseguisse sentir cada emoção selvagem que lhe invadia, pois estava simplesmente atendendo ao seu chamado. Ele se sentia da mesma forma. Eles compartilhavam a mesma fúria primitiva que estava prestes a incendiar a qualquer momento.

Ela se abriu para ele, rendeu-se completamente, e colocou as mãos sob a camiseta de Max, suspirando baixinho ao tocar na pele quente sobre os músculos rígidos. Tentando tocá-lo em todos os lugares ao mesmo tempo, as mãos de Mia correram pelo peito e pelas costas dele, com os dedos tocando cada centímetro que alcançavam, encontrando nada além de força indomável.

O botão da calça dela voou longe e o zíper foi aberto. Max afastou a boca, com a respiração ofegante ao tirar a camisa dos braços de Mia e arrancar a presilha do sutiã. A roupa íntima chegou ao chão segundos depois, juntando-se à camisa já descartada. Mia agarrou a camisa de Max, desesperada para senti-lo nu, mas ele a ignorou, totalmente concentrado em tirar a calça *jeans* dela, juntamente com a calcinha. Segurando a mão dela, ele a levou até o sofá, deitando-a sobre o braço elevado. Ela agarrou a almofada para se equilibrar, com a respiração tão quente e pesada que arquejava. A necessidade que sentia de ter Max era tanta que estava perdendo o controle.

As mãos dele seguraram-lhe as nádegas, acariciando-as reverentemente. — Nunca mais fuja de mim — exigiu ele em tom ríspido, com a respiração ofegante. — Nós somos um do outro.

Sentindo a necessidade dele de possuí-la e tê-la sob seu controle, ela murmurou baixinho: — Vamos. Sei que você quer. — Tudo que havia de feminino nela respondeu ao domínio dele e Mia sentiu a umidade quente entre as pernas. — Vamos.

Max tinha razão. Ela pertencia a ele, seu lugar era ao lado dele. Mia queria que ele a possuísse. Sabia exatamente do que ele precisava naquele momento e estava louca para sentir a ardência da palma dele no traseiro, um prazer erótico que, vindo de Max, a deixaria completamente louca.

— Não consigo — respondeu ele frustrado.

Mia sabia por que ele estava hesitante. — Eu sei a diferença entre abuso e brincadeiras sexuais. Pelo amor de Deus, faça isso logo. E faça-me gozar — pediu ela, incapaz de esperar mais um momento.

— Não estou brincando — sibilou ele em tom suave e perigoso.

A palma da mão dele bateu no traseiro de Mia com força, fazendo com que a pele ardesse com prazer e uma dor erótica. Doeu, mas a excitação de Max ao libertar as tendências dominantes compensava de longe a ardência na palma da mão.

Ela queria mais...

E recebeu o que queria.

O segundo e o terceiro impactos da mão dele em seu traseiro a atingiram profundamente, fazendo com que os músculos se contraíssem, implorando pelo orgasmo.

Gemendo alto na quarta palmada, ela implorou: — Por favor, Max. Faça-me gozar.

As nádegas ardiam e o clitóris latejava querendo atenção.

— Nunca mais me deixe, Mia. Por motivo nenhum — avisou Max com a mão acariciando-lhe as nádegas e aventurando-se entre as coxas dela. — Prometa.

O tom masculino de comando na voz dele fez com que ela estremecesse.

— Toque-me. Por favor — implorou ela desesperada.

Ele provocou o clitóris de leve, o suficiente para que ela tivesse vontade de gritar. O corpo inteiro de Mia era um poço de calor e desejo, pronto para explodir, e somente Max tinha o poder de fazê-la detonar.

Ele bateu no traseiro dela novamente, acariciando-a em seguida e provocando-a delicadamente entre as pernas. — Prometa — insistiu ele, continuando o mesmo padrão repetidamente.

Incapaz de falar, ela gemeu alto, agarrando-se no couro da almofada do sofá. Max estava aumentando a necessidade dela até o nível de implosão e Mia não tinha certeza de que queria que parasse. Mas a tolerância dela estava chegando ao fim. — Sim. Prometo. Eu amo você.

— Eu também amo você — respondeu ele com voz rouca.

Os dedos de Max deslizaram entre as dobras molhadas, encontrando o clitóris inchado e sensível e acariciando-o com pressão persistente. O prazer era tão grande, intensificado pelas nádegas que ardiam, tão intoxicante que ela sentiu as pernas trêmulas. Um grito estrangulado escapou de seus lábios quando ela sentiu a tensão do corpo aumentar em velocidade alucinante.

— Goze para mim, querida — pediu ele. — Você é tão linda, tão molhada. Solte-se. Eu a segurarei quando cair.

Mia se soltou, com um orgasmo que fez com que o corpo inteiro estremecesse. Ela sentiu como se pedaços de si mesma estivessem espalhando-se por toda parte, gemendo incoerentemente quando Max enterrou dois dedos dentro dela. Ele manteve a pressão no clitóris com o polegar quando ela gozou, desafiando-a a desfrutar de todo o prazer que conseguia aguentar.

Max a segurou, como prometera que faria, passando o braço musculoso em volta de sua cintura para mantê-la firmemente no lugar. Ele a segurou enquanto ela arquejava, com o coração galopando insanamente dentro do peito.

Mia não fazia ideia de quanto tempo se passara ao flutuar de volta à Terra. Max a segurava com um braço, enquanto os dedos da outra mão acariciavam de leve a curva das nádegas.

— O que é isso? — perguntou Max, passando os dedos sobre um padrão no topo da nádega de Mia.

Ele acariciava a tatuagem dela.

Com o canto do olho, ele viu a camiseta de Max cair no chão. Ela lamentou não vê-lo tirá-la com o que certamente fora um movimento muito sensual que provavelmente a teria deixado com água na boca.

— Você — respondeu ela com sinceridade. — Uma rosa vermelha que representa o verdadeiro amor e o seu nome. — A tatuagem era pequena e delicada, uma rosa vermelha totalmente desabrochada, pequena e detalhada, com a palavra *Max* escrita logo abaixo.

Ela quisera carregar Max consigo para sempre e aquela fora a única coisa em que conseguira pensar que a marcaria como dele para o resto da vida.

— Puta merda! — O palavrão soou estrangulado ao sair dos lábios de Max. Ele agarrou os quadris de Mia com força, com o polegar ainda acariciando a marca ao preenchê-la com uma investida suave.

Sim. Sim. Sim. Mia precisava senti-lo em seu interior mais do que precisava respirar. As paredes macias se distenderam para aceitar o pênis, envolvendo-o firmemente. Ela empurrou o corpo para trás contra o dele, desesperada para tê-lo e mantê-lo bem fundo.

— Você marcou o próprio corpo para mim, para ser minha — sussurrou Max.

— Eu precisava — respondeu ela ofegante. — Precisava de alguma coisa. Qualquer coisa. — Mia quase soluçou quando Max moveu os quadris para trás, tirando o pênis quase completamente e investindo novamente com um gemido baixo.

Inclinando-se para a frente e apoiando o peito nas costas dela, ele beijou-lhe o ombro e, em seguida, passou a língua de leve, subindo lentamente pelo lado do pescoço. Finalmente, ele sussurrou no ouvido de Mia: — Esta foi a coisa mais excitante que já vi. Meu nome marcado em você para sempre. Isso me transforma em um idiota? — Ele passou a língua na orelha dela, fazendo-a estremecer de desejo. — Quero ficar desse jeito para sempre. Com meu pau dentro de você, meu corpo enroscado no seu, rodeada pelo seu perfume. Nunca tive uma sensação tão boa. — As mãos de Max seguraram os seios dela, com os dedos apertando os mamilos e acariciando-os em um movimento suave. O prazer e a dor dos movimentos eróticos a deixaram ofegante.

Mia virou a cabeça e Max pousou os lábios sobre os dela. O ângulo em que estavam fazia com que fosse difícil retribuir o abraço. Mas Max não pareceu se importar. Ele sentiu o gosto dela como se fosse a coisa mais deliciosa do mundo. A língua dele entrou e saiu da boca de Mia, fazendo com que ela movesse os quadris, querendo aquele mesmo movimento em seu interior.

— Não consigo esperar — disse ele ao afastar a boca. A respiração rápida e pesada banhava a pele macia do pescoço de Mia com o calor de Max. — Preciso foder você.

A declaração primitiva de Max fez com que ela se contraísse em volta dele. O fato de deixá-lo tão excitado era algo poderoso. Ela podia deixar aquele homem orgulhoso, forte e sensual de joelhos, mas aquela era a última coisa que queria. Max a tinha, de coração, corpo e alma, e só o que ela queria fazer era mergulhar nele, deixar que fosse o macho dominante que precisava ser. E a verdade era que ela precisava disso. — Então faça isso — disse ela em voz suave. — Por favor. Também preciso disso.

Max ergueu o corpo e segurou-a com firmeza pelos quadris. Ela gemeu de alívio quando ele começou a se mover, entrando e saindo dela com investidas fortes.

Tudo no ato sexual selvagem a deixou excitada. As investidas de Max, a virilha dele batendo contra as nádegas ainda ardentes, os sons dos gemidos dos dois misturando-se a encheram de um calor que se acumulou até que estivesse totalmente perdida. Ela não sentiu nada além de Max e a pressa frenética de ficarem unidos.

— Eu amo você, Mia. Amo tanto que chega a doer — gaguejou Max com um gemido torturado, segurando-a com força e investindo repetidamente com um desesperado quase palpável. A tensão no ar aumentou com os dois ofegantes e suados. O corpo inteiro de Mia transpirava e ela viu gotas de suor caindo do rosto sobre o couro marrom do sofá.

Logo depois, não viu mais nada, pois fechou os olhos, jogando a cabeça para trás com um grito de prazer quando o orgasmo a atingiu com tal intensidade que os braços cederam e ela caiu sobre o braço do sofá. Ela se sentiu desfalecer enquanto se contraía selvagemente em volta do pênis de Max.

— Puta merda — disse ele, com o corpo ficando tenso ao inundá-la com o próprio calor. O corpo suado desceu sobre o dela e os braços de Max a envolveram de forma protetora. Ele enterrou o rosto nos cabelos de Mia, murmurando palavras doces incoerentes enquanto recuperava o fôlego. Mia soltou o corpo, sabendo que Max a manteria segura e imóvel.

Eles ficaram naquela posição, perdidos em um mundo que continha apenas os dois e as emoções fora de controle. Finalmente, Max se afastou e tomou-a nos braços. Chutando a calça para longe, pois não se dera ao trabalho de tirá-la completamente, ele se sentou no sofá, levando-a consigo e segurando-a firmemente no colo.

Mia finalmente conseguiu mergulhar nos belos olhos de Max ao olhar para ele. O rosto dele ainda irradiava uma possessividade feroz que a fez estremecer de prazer. Ser amada daquele jeito pelo homem que significava tudo para ela fora o que sempre quisera, o que sempre precisara. Finalmente, ela se sentia livre e era uma sensação incrível. Podia ser exatamente quem era e Max a amaria.

Ela passou os braços em volta do pescoço dele e beijou-o, abraçando-o de forma gentil e emocionada que fez com que sentisse que, finalmente, depois de todos aqueles anos, chegara em casa.

Capítulo 11

Acho que deveríamos ter conversado antes de... hmm... fazer aquilo — comentou Mia casualmente ao olhar para o marido. — Nós dois temos perguntas.

Max abriu um sorriso malicioso. — A forma como acabamos de nos comunicar foi incrível para mim. Acho que nem precisamos conversar. — Ele acariciou a tatuagem dela e acrescentou: — Não consigo acreditar que você marcou seu corpo com o meu nome.

Mia deu de ombros, sem entender por que ele estaria surpreso. — Senti tanto a sua falta que tinha que fazer alguma coisa para não enlouquecer. Eu queria alguma coisa permanente para mantê-lo perto de mim. Talvez isso soe como uma maluquice, porque eu nunca achei que tatuaria seu nome na minha bunda, mas quis fazer.

O sorriso de Max ficou mais largo. — Fica bem em você. Eu nunca teria lhe pedido para fazer porque sei que dói. Mas é muito sensual. Toda ver que olhar para ela, terei vontade de trepar com você no mesmo instante. Portanto, é melhor cobri-la, a não ser que queira ser possuída repetidamente.

— Então acho que terei que andar nua perto de você toda hora — disse ela, sorrindo ao se perguntar se haveria algum momento em que não iria querer que Max a atacasse.

— Mas o mais engraçado... — começou ele e parou, olhando fixamente como se estivesse contemplando algo.

— O quê? — perguntou ela curiosa.

Max a moveu gentilmente para o lado para tirá-la do colo. Em seguida, virou de costas para ela e disse: — Isto. Fiz alguns meses depois que você desapareceu.

Mia viu imediatamente e soltou uma exclamação. Na parte de cima do ombro esquerdo de Max, havia uma tatuagem que a deixou sem palavras. Ela estendeu a mão e traçou o desenho com os dedos, completamente atônita. A tatuagem não era grande, mas era linda. Era um coração estilizado com o símbolo da clave de sol, lindamente entrelaçados. Presos ao coração, havia duas alianças. O desenho era totalmente preto e havia *Mia* escrito logo acima. Abaixo, estavam as palavras *O verdadeiro amor nunca morre*.

Era lindo e Mia entendeu o que a música e o coração dele queriam dizer, como as emoções expressas ao tocar estavam conectadas a ela.

Lágrimas surgiram em seus olhos quando ela continuou a acariciar a tatuagem com amor. Max também marcara o próprio corpo com o nome dela, um testemunho do amor que sentia. — Mas e se você tivesse encontrado outra pessoa? E se...

Max se virou novamente para ela, pegou-a nos braços e recolocou-a no colo. — Não há mais ninguém para mim, querida. Nem mesmo Kade protestou quando fiz a tatuagem. Acho que ele entendeu que eu precisava fazê-la. Ele me levou até alguém que conhecia com quem fizera algumas tatuagens no passado. Disse que já usava um tributo a você todos os dias, mas não sei onde ele fez a tatuagem.

Mia começou a rir. — Não é uma tatuagem — informou ela em tom divertido.

Max pareceu perplexo. — Então como ele usa um tributo a você?

— As camisas. Ele usa aquelas camisas horríveis — respondeu ela. — Quando eu era criança, ele sempre usava preto. Eu disse a ele que era deprimente e que deveria usar algo alegre. Kade começou a comprar camisetas horríveis e tenho certeza de que implicaram muito com ele na escola por causa delas. Mas ele as usava porque eu gostava delas e porque disse a ele que eram camisas alegres. Mesmo depois de crescermos, ele nunca parou. Portanto, ele veste uma coisa para mim. E nunca deixou de usá-las, nem mesmo quando ficou adulto e comecei a implicar com ele.

Max franziu a testa. — Eu sempre achei que ele fazia isso para irritar Travis.

Mia riu. — Isso é só um benefício secundário e talvez seja o motivo pelo qual ele continua fazendo isso. Mas começou por minha causa. Eu as adorava quando era criança. Eram sempre camisas alegres com cores ou desenhos estapafúrdios. Sinceramente, apesar de continuar a fazer brincadeiras, ainda adoro aquelas camisas. — Ela se virou e sentou-se de frente para Max, deitando a cabeça em seu ombro. — Conte-me por que você costumava fugir. Era realmente por causa de alguma coisa que eu fiz? Pela forma como agi?

— Não — respondeu Max depressa, acariciando-lhe os cabelos. — Desde o momento em que entendi o que significava ser adotado, fui muito grato aos meus pais. Eu sabia que fora jogado fora pelos meus pais de verdade e agradecia todos os dias por ter pais que me queriam, que me davam todas as coisas de que precisava e não precisava. Tive mais sorte do que a maioria dos garotos da escola e não foi porque nasci deles. Eles me escolheram. Acho que eu nunca quis que eles tivessem motivo para se arrepender disso. Portanto, eu me tornei o filho perfeito. Pelo menos, tentei. Não queria que eles tivessem motivo algum para se arrependerem de terem me adotado. Quando eu era bem pequeno, acho que tinha medo de que fossem me devolver ou rejeitar-me como meus pais biológicos fizeram.

Mia acariciou o pescoço e as costas dele, imaginando o garotinho perfeito que Max fora. Na verdade, não era tão difícil. O garoto doce crescera e transformara-se no homem perfeito. — Você nunca quis se rebelar? — questionou ela curiosa, querendo conhecer o verdadeiro Max.

Ele deu de ombros. — Na verdade, não. Mesmo depois que meus pais morreram, eu ainda quis agradá-los. Eu me formei na faculdade em primeiro lugar, fiz tudo o que era esperado de mim quando assumi o negócio do meu pai. Até pensei em entrar na política porque sabia que isso os deixaria orgulhosos. A única vez em que quis me rebelar do meu comportamento normal foi quando conheci você.

— Então eu fui uma influência ruim? — perguntou ela, provocando-o.

— Nunca — negou ele, correndo a mão pelas costas dela e fechando os braços em volta de sua cintura, segurando-a mais perto. — Mas isso me fez perceber que eu não era feliz antes de conhecê-la. Estava vivendo a vida para duas pessoas que eu amava, mas não era eles. Tentei imitar o comportamento deles porque achei que qualquer outra forma seria uma traição. Achei que precisava ser como eles porque foram os pais que me quiseram. Saí de uma vida de pobreza porque eles me adotaram. Eu queria estar no mesmo nível dos meus pais, mesmo não tendo o mesmo sangue.

A confissão dele deixou Mia com o coração apertado. — Só porque você é diferente, não significa que não seja bom. — Max era o homem mais maravilhoso que ela conhecera e Mia odiava o fato de ele ter acreditado que não seria perfeito se não fosse exatamente igual aos pais. — Não acho que eles queriam isso.

— Também acho que não. Eles teriam me amado de qualquer jeito, pois eram bons pais — respondeu Max com as palavras abafadas ao falar perto do pescoço dela. — Eu queria isso de mim mesmo.

— E quando me conheceu? Eu sei que teve relacionamentos antes disso.

— Não como eu e você. Antes de nos conhecermos, eu fiz as coisas que eram esperadas de mim. Namorei. Trepei. Mas não era a mesma coisa. Você me deixou louco desde o primeiro dia. Perdi o controle com você. Durante anos, eu me condicionei a ser um homem de negócios calmo, controlado e razoável, como meu pai, mas você acabou com aquela pessoa. Fiquei preocupado em perdê-la se não fosse o homem que você queria. Eu sabia sobre seus pais e sabia que você precisava de estabilidade, alguém racional e são — admitiu ele.

— Ah, Max — sussurrou Mia, amando-o ainda mais por conseguir conversar com ela agora. — Eu nunca conheci um homem mais são e gosto de quem você é agora. — Aquele foi o maior eufemismo da face da terra. O amor dominante e protetor de Max a fazia se sentir segura e adorada. — O que mudou?

— Você morreu — respondeu ele em tom atormentado. — Quando comecei a admitir que provavelmente nunca mais a veria, nunca mais a seguraria, nunca mais conversaria com você... eu me odiei por nunca mostrar o quanto significava para mim, que era meu mundo inteiro. Eu me arrependi de cada momento que passei fugindo quando poderia ter passado aquele tempo com você. — Ele soltou um suspiro e continuou: — Agora, eu me odeio por nunca ter visto você, nunca ter percebido que realmente precisava de mim. Fui um egoísta idiota. Se eu tivesse parado de me preocupar com a minha imagem, talvez a tivesse conhecido de verdade. Talvez você tivesse me contado sobre Danny. — Ele segurou a cabeça de Mia com uma expressão torturada. — Acredite, a última coisa que eu queria era que se reprimisse tentando me agradar. Você me agrada só de estar respirando. Não precisava se transformar em outra pessoa.

Mia não queria que ele tivesse arrependimentos. — Eu sei disso agora. Mas aquelas eram as minhas inseguranças, uma bagagem que veio do passado. Não era você, Max. Nós dois fomos responsáveis por não nos comunicarmos. Estávamos nos escondendo. Apaixonados, mas com tanto medo de perder esse amor, em vez de confiar um no outro. — Ela devia ter estado cega, surda e retardada. O amor que irradiava dos belos olhos de Max era inquestionável. Se tivesse realmente olhado, ela o teria visto, teria conhecido quem ele realmente era. — Crescer na minha família foi um inferno. A loucura e o abuso do meu pai foram difíceis para todos nós.

— Sua mãe nunca pensou em deixá-lo? — perguntou Max, encostando a testa na dela em um gesto de conforto.

— Não. Nunca. Acho que ela aguentou o abuso dele por tanto tempo que se fechou para sobreviver. Nós imploramos a ela que partisse, mesmo depois de adultos, mas não adiantou. Ela arrumava desculpas para o comportamento dele — respondeu Mia triste. — Acho que ela nos amava, mas não conseguia enfrentar meu pai. Tenho certeza de que ela viveu no próprio inferno particular.

Max abaixou as mãos, correndo-as para cima e para baixo nos braços dela, e franziu a testa. — Você está com frio. Está toda arrepiada.

Mia suspeitava que o problema não era o frio, mas a emoção de estar ali com Max, dividindo coisas sobre as quais nunca tinham falado antes. — Então me aqueça — pediu ela, sorrindo. — Estamos sentados aqui totalmente nus.

Estendendo o braço, Max puxou um cobertor grosso que estava sobre o encosto do sofá e colocou-a sobre o próprio corpo, envolvendo-a em calor, deitada entre ele e o cobertor. — Melhor? — perguntou ele ansioso.

Mia suspirou ao deitar a cabeça no ombro dele. — Sim. — Como estar com a pele encostada na dele podia ser qualquer coisa diferente de sublime?

— Está pronta para me contar sobre o idiota que fez com que você fugisse de mim? — Era uma pergunta, mas Max fez com que soasse mais como uma ordem. — Travis me contou os fatos. O que quero saber é como se sentia em relação a ele.

Mia nem sabia como explicar, mas, por Max, tentaria. — No começo, ele não era a pessoa em quem se transformou. Era charmoso, prestava atenção em mim. O comportamento controlador começou depois, alguns meses após o início do namoro. A parte triste foi que isso não foi surpresa alguma. Foi com isso que eu cresci. Ele era muito parecido com o meu pai. Eu não era muito forte, Max. Caí no ciclo do abuso. Ele pedia desculpas e prometia não repetir aquilo nunca mais. Mas repetia. Eu queria ir embora, mas acho que não era forte suficiente para me afastar dele.

— Amigos? — perguntou Max baixinho.

— Não. Olhando para o passado, ele conseguiu me isolar, de forma lenta e metódica. Eu fiz amigos na faculdade, mas ele não me deixava encontrá-los mais — respondeu ela. — Fiquei muito aliviada quando ele foi para a prisão. Achei que terminara. Saí da Virgínia ao terminar o curso e voltei para a Flórida, com a esperança de começar de novo, de ser mais esperta.

— Querida, você é brilhante e criativa. Foi moldada pelo passado e era apenas uma garotinha. Não se culpe — insistiu Max, passando a mão nas costas dela. — Ele voltou depois de sair da prisão, ameaçou a mim e a seus irmãos, estava pronto para explodir meus miolos? Como você o impediu de atirar em mim? Pelo que entendi, ele poderia ter atirado com facilidade e era louco o suficiente para isso.

— Ele era muito pior do que antes — admitiu Mia. — Ele me culpava por tudo e estava completamente louco. Achou que eu realmente queria ficar com ele e estava disposto a fazer qualquer coisa para conseguir o que queria. Eu sabia que ele atiraria. — *Chega de segredos. Chega de segredos.* — Fui infiel a você, Max. Eu lamento muito. — Foi a declaração mais dolorosa que ela fizera, mas Max queria honestidade e Mia precisava contar toda a verdade.

Max a soltou, levantando-se para ir até a lareira. Apoiando os braços na lareira de pedra, ele virou a cabeça para longe dela. Cada músculo de seu corpo parecia tenso. Mia prendeu a respiração ao observar o perfil dele. Max estava praticamente imóvel e o único movimento visível era o ritmo do peito enquanto o ar entrava e saía dos pulmões de forma irregular.

O futuro de Mia estava na balança enquanto ela o observava, esperando para ver se Max a olharia com repulsa, se rejeitaria o amor dela agora. Mas eles precisavam de honestidade total e era algo que ele merecia saber. Ela não era mais a mesma mulher assustada. Mas isso não fazia com que fosse mais fácil contar a ele. As mudanças que fizera em si mesma foram suficientes para que conseguisse contar tudo.

— O imbecil a estuprou, não foi? Ele deveria ter voltado para a cadeia. — Max se virou novamente para ela, com os braços caídos ao longo do corpo, o rosto enfurecido e os punhos cerrados. — A morte foi um castigo leve demais para um filho da puta como ele.

Mia sentiu o corpo inteiro de Max vibrar de fúria, mas percebeu que não era o alvo daquela fúria. Ela estendeu os braços para ele, que andou em sua direção, levantando-a do sofá, sentando-se com Mia em seu colo e abraçando-a com força. Ele odiava Danny. E acreditava nela, sabia que não o traíra voluntariamente.

— Ele me violou. Não me estuprou. Ele queria que eu o chupasse...
e eu chupei. Você estava quase dentro do avião. Só precisava de mais
alguns minutos. Eu não me importei, Max. Teria feito qualquer coisa
que ele quisesse naquele momento, desde que não o machucasse —
disse Mia desesperada.

— Caralho! Eu preferia que o imbecil tivesse me matado a forçá-la
a fazer aquilo... — A voz de Max sumiu, o rosto ficou pálido, a
expressão mudou lentamente para exibir percepção. — A noite em
que você recuperou a memória, no chuveiro...

— Ainda tenho pesadelos com ele. Eu estava sonhando com isso e
acordei com a memória recuperada. Queria substituir as lembranças
ruins por boas. E consegui — confessou ela.

— Merda. Deve ter sido duro. Você não precisava...

— Eu queria. Queria muito. E foi duro. Mas não foi difícil —
retrucou ela com um sorriso trêmulo, tentando aliviar um pouco
do remorso que viu no rosto bonito. — Eu sempre quis fazer aquilo,
mas você nunca parecia querer. Portanto, parei de tentar.

— Ah, querida... eu queria. Queria tanto sua boca doce em mim
que sabia que, se isso acontecesse, não conseguiria manter o controle
— respondeu Max.

— Foi bom — disse ela com um sorriso leve. — Manterá os
pesadelos à distância.

— Eu manterei os pesadelos à distância. Nunca mais você terá
sonhos ruins. Vou substituir todos os momentos de pesar que teve
com felicidade. Juro que farei isso — disse ele em tom ardente, apesar
de ter uma expressão suave no rosto.

Mia duvidava que Max conseguisse forçar o bicho-papão a só criar
sonhos bons. Mas, ao olhar para a determinação selvagem dele, quase
acreditou que fosse possível. E ela certamente sabia que ele tentaria
com todas as forças, nem que tivesse que arrastar a criatura das
fábulas para longe todas as noites. Colocando os braços em volta
do pescoço dele, ela murmurou: — Basta me amar desse jeito para
sempre. É suficiente.

— Nunca deixarei de amá-la — concordou ele. A tensão começou
a desaparecer do corpo de Max. — Mas prometa que nunca mais

tentará me proteger. Não às suas próprias custas. Eu preferia ter morrido a deixar que ele colocasse um dedo em você — rosnou Max. Os olhos de Mia se encheram de lágrimas. A sinceridade da declaração de Max a atingiu como um soco no estômago. *Meu marido morreria por mim só para impedir que eu fosse ferida.*

Sabendo que ela o amava mesmo assim, Mia respondeu com cuidado. — Não sei se posso prometer isso. Não teria me poupado, Max. Danny ainda teria me machucado naquele dia. Mas salvou você. Ele não deu atenção para a preocupação dela. — Prometa — insistiu.

— Não — recusou-se ela. — Não posso. Você conseguiria fazer a mesma promessa? Você mesmo disse, chega de mentiras, e não mentirei para você. Eu protegeria você se pudesse.

— Está bem — resmungou ele. — Mas vou garantir que você nunca mais esteja em posição de ter que tomar essa decisão. E chega de fugir.

Ela balançou a cabeça negativamente. — Chega de fugir — concordou.

— Se precisar fugir, irei com você — anunciou ele determinado.

— Se tivesse me contado antes que precisava desaparecer, eu teria providenciado tudo... para nós dois.

— Mas sua carreira, seu negócio...

— Não significam nada sem você. Acha que eu estaria preocupado com dinheiro ou qualquer outra coisa se você estivesse correndo perigo? Eu desaparecia com você, seria considerado morto com você para protegê-la e a seus irmãos sem hesitação. — Com o corpo tenso novamente, ele a olhou de forma exasperada.

Mia suspirou, encarando-o com uma expressão de desculpas. — Fiz dois anos de terapia e ainda é difícil acreditar que alguém me ame como você me ama — confessou ela. — Melhorei muito, mas ainda terei momentos de insegurança — avisou ela. — Ainda acharei difícil absorver que finalmente acabou. Que estamos todos seguros agora.

— Era difícil compreender o fato de que Max deixaria tudo para trás por ela. Claro, ela aprendera a se valorizar, aceitar a si mesma como era, depois de trabalhar com um bom psicólogo. Mas aceitar o amor de Max era a coisa mais difícil que fizera. O que ela fizera na vida para merecê-lo?

— Leve o tempo que for necessário, querida. Em algum momento, eu a convencerei — disse ele baixinho. O olhar dele era determinado ao encontrar o dela. O amor brilhava e fluía entre os dois, fazendo com que o coração de Mia batesse mais forte.

Acariciando-lhe os cabelos, ela disse: — Você é incrível, Max Hamilton.

— Achou isso quando bati na sua bunda? — perguntou ele com olhar malicioso.

— Sim. Fez com que eu tivesse vontade de ser safada de novo — respondeu ela.

— Querida, quero que me diga se alguma vez eu a assustar ou passar dos limites — pediu ele. — Não dá para confiar no meu controle quando se trata de você.

— Não tenho medo de você, Max. E nunca terei. Sei que você nunca me machucaria. Você me faz sentir segura. — Mia sabia que nunca teria medo de Max, não importava o quanto a pressionasse com o jeito mandão. O homem era uma mistura inacreditável de arrogância e vulnerabilidade, dominação e gentileza, e isso a fascinava. Mas nunca se sentiria nervosa com aquelas qualidades. Cada parte de Max a deixava excitada. Ele queria protegê-la e daria a vida por ela. Mia nunca conseguiria ter medo daquele tipo de amor.

— Você está segura agora e vou garantir que continue assim — resmungou ele.

Eles ficaram em silêncio por um momento, absorvendo o prazer de estarem juntos. Em seguida, ela perguntou curiosa: — Travis matou Danny?

Max franziu as sobrancelhas ao responder: — Provavelmente. Tecnicamente, foi um acidente, mas Travis estava lá. O fato de ele estar morto incomoda você?

— Não. Não me incomoda pessoalmente que Danny esteja morto. Ele merecia, minha família está segura e isso significa que ele não estará por aí pronto para aterrorizar alguém. Mas o pobre Travis já tinha colocado Danny na cadeia. Não gosto da ideia de que ele tenha que ter matado alguém para eu ficasse livre. Ele tem uma consciência, mas sempre fez o que era necessário para proteger Kade e eu.

— Você sabia que foi ele que botou Danny na cadeia? — perguntou Max atônito.

— É claro que sabia. Ele acha que sou tão burra assim? Ele aparece na Virgínia, vê o que está acontecendo e, subitamente, Danny é preso? Eu sabia que tinha sido Travis. O que exatamente aconteceu para matar Danny? — perguntou ela.

— Quando Travis finalmente localizou Danny, foi falar com ele. Danny fugiu em um carro e Travis o perseguiu. Danny acabou caindo de uma montanha muito alta no Colorado ao perder o controle do carro durante a perseguição. E acredite, duvido que Travis sinta um pingo de remorso depois do que aquele filho da puta fez com você. Quando confirmou que Danny estava morto, ele providenciou para que você voltasse para casa. Mas, pelo jeito, não teve a oportunidade de conversar com você, que já tinha fugido quando ele voltou para casa depois da reunião. E por que você estava no piquenique? — perguntou Max confuso. — Tinha acabado de voltar à Flórida.

— Eu sabia que provavelmente você estaria lá. Vi o convite na casa de Travis. Sabia que provavelmente me odiava pelo que eu fizera, mas queria vê-lo. Não consegui me conter. Cheguei cada vez mais perto, mas não achei que tivesse me reconhecido.

— Nem pensar. Eu consegui sentir você — respondeu Max. — Mas o disfarce foi bom o suficiente para que ninguém mais a reconhecesse. Você cortou os cabelos naquele dia?

— Não. Tinha cortado cerca de um ano antes. Meus cabelos longos foram usados como arma muitas vezes. Fiz isso para me sentir melhor. Foi uma espécie de terapia — disse ela.

— Ele a puxou pelos cabelos? — perguntou Max furioso.

Aquilo não chegava nem perto da verdade, mas Mia não contou isso a Max. O pai dela fizera a mesma coisa. Ela simplesmente respondeu: — Sim.

A letargia e a exaustão invadiram o corpo de Mia. Bocejando, ela fechou os olhos.

— Cansada? — perguntou Max.

— Muito. Não dormi na noite passada. Queria saborear a sensação de estar perto de você pela última vez, mesmo estando desacordado — provocou ela. — Nem consigo imaginar o tamanho da ressaca que teve hoje ao acordar. Você se lembra da noite passada?

— Não muito — admitiu Max relutantemente.

— Quer que eu lhe conte como me acusou de estar com outro homem e como queria me odiar? — disse ela brincando. — E por que você trouxe Tucker? Suponho que meus irmãos partiram e levaram Tucker com eles, mas achei que você e o meu cachorro mal se toleravam. — Mia sabia que isso não era mais verdade, mas queria ouvir Max admitir que ficara amigo do cachorro.

— Eu achei que você tinha um namorado. Não ouvi a história inteira antes de dar uma surra no seu irmão. Só o que ouvi foi que ele era o responsável por tirá-la de mim. Não conversamos muito depois disso. — Max a mudou de posição para que ficassem de frente um para o outro no sofá, cobrindo-os com o cobertor e passando os braços firmemente em volta dela. — E a única coisa que tenho em comum com aquele cachorro feio é o fato de que nós dois amamos você. Eu não podia deixá-lo sozinho na casa. Fui caridoso. Ele ainda é um chato.

— Você conversa com ele? Tucker é um bom ouvinte — disse Mia.

— Ele me julga. Odeio isso em cachorros — resmungou Max.

Ela sorriu ao perceber que Max falava de Tucker como se o cachorro fosse uma pessoa. Sim, eles certamente tinham uma ligação, mesmo que fosse um relacionamento antagônico. — Você o adora — acusou Mia.

— Ele me deixa muito irritado. O infeliz me culpa por você ter ido embora — argumentou Max.

— Você podia tê-lo deixado na casa do vizinho — lembrou ela. — Eles adoram o Tucker.

— Ele queria vir — retrucou Max. — Estava choramingando e com saudades de você.

Obviamente, Max ainda não estava pronto para admitir que gostava de Tucker e que o cachorro se tornara incrivelmente ligado

O Coração do Bilionário

a ele. Portanto, ela perguntou: — Você fez as pazes com Travis? — Mia passou os dedos de leve na mancha roxa sob o olho dele.

— Sim. Concordamos em não matar um ao outro — respondeu Max com um sorriso.

— E Kade?

— Ele ainda vai me pagar por ter rido da minha ressaca — respondeu ele ameaçador.

Mia fez uma careta. — Foi muito ruim?

— Ruim o suficiente para que eu queira ser um abstêmio. Não sei se algum dia conseguirei beber outra gota de álcool de novo — respondeu ele infeliz. — Agora sei por que nunca fiquei bêbado. Eu era um pouco sensato antes de conhecer você — brincou ele. — A ideia de você me traindo e vivendo feliz em outro lugar me deixou louco. Eu me lembro agora de como me senti antes de ficar bêbado.

Mia suspirou. — Não consigo acreditar que nunca tenha ficado bêbado. Nem mesmo na faculdade?

— Não. Eu estudava enquanto o resto ia para as festas.

— Ah, meu Deus. Você é mesmo perfeito — disse Mia com desgosto fingido. — E nunca poderia haver outra pessoa, Max. Eu já tinha até o seu nome tatuado na minha bunda — lembrou ela.

Max acariciou a tatuagem possessivamente. — Sim, tinha. E ela é muito foda.

Mia riu. — Esqueci que agora você fala palavrões, portanto, acho que não é perfeito.

— Eu sempre falei palavrões. Mas nunca na sua frente. Meu pai nunca falava palavrões na frente da minha mãe — respondeu ele.

— Pois não precisa se reprimir — respondeu Mia com um sorriso.

— Eu tenho dois irmãos. Ouvi todas as profanidades existentes e gostava de usar algumas delas de vez em quando. Mas, como você nunca dizia nenhum palavrão, tentei me conter.

— Minha nossa, como éramos ridículos. Eu sempre adorei você, mas acho que nunca conhecemos de verdade um ao outro. Não, retiro o que disse. Meu coração conhecia você, mas, tirando isso, eu era um completo idiota — comentou Max. — Lamento por não estar ao seu lado quando precisou de mim. Não deveria ter sido necessário apelar para Travis. Você deveria ter podido me procurar. Mia colocou o dedo sobre os lábios dele para silenciá-lo. — Eu não deixei. E eu também não estava ao seu lado, Max. Mas acho que nós dois mudamos. Podemos começar de novo? Quero ser uma esposa de verdade para você agora.

Max ergueu a sobrancelha e olhou para ela com expressão divertida. — Você achou que havia alguma dúvida sobre isso? Não vai a lugar algum, querida.

O Max arrogante e possessivo estava de volta e mais excitante do que nunca. Mia suspirou e contorceu-se, tentando chegar mais perto dele, o mais perto possível. Ela fechou os olhos, totalmente exausta, mas sem querer perder um momento daquela intimidade. — Você também pertence a mim, sabe disso.

— Querida, eu soube disso no momento em que nos conhecemos — respondeu ele sério, ainda acariciando a tatuagem dela.

O coração de Mia se aqueceu com aquelas palavras. — Eu também — confessou, sabendo que se apaixonara por Max logo no início, na primeira vez em que o vira sorrir.

Ela adormeceu alguns momentos depois, segura no amor de Max, nos braços fortes dele. Max continuou a acariciar a tatuagem dela por algum tempo com um sorriso contente e aliviado até pegar no sono.

Capítulo 12

A semana seguinte na casa do rancho em Montana acabou sendo a semana mais feliz da vida de Max. Ele e Mia estavam conhecendo-se novamente, ou, talvez, na realidade, pela primeira vez. E, mesmo adorando cada dia, cada nova descoberta que fazia sobre a esposa, ainda lamentava os anos desperdiçados, durante os quais poderia tê-la conhecido de verdade, mas nunca o fez. Ela ainda era a mulher doce e incrível com quem se casara, a mulher que amava com uma intensidade que quase o matara, mas era muito mais. Era complicada e perceptiva, misteriosa e encantadora, e o desafio de descobrir como a mente dela funcionava o intrigava muito. Ela lhe mostrara os desenhos das joias que estava criando e a habilidade e a paixão ainda o maravilhavam. As coisas que ela nunca lhe contara no passado porque tivera medo de ser rejeitada, na verdade, faziam com que ele admirasse a força dela. A esposa era uma sobrevivente, uma mulher que passara pelo inferno e saíra dele mais forte e mais sábia. Ela podia brincar dizendo que era um "trabalho em andamento", mas, para Max, era perfeita. Sempre fora.

Ele se sentou na cama e calçou as botas que comprara em uma ida a Billings, além de várias roupas casuais. Sorrindo, ele amarrou os cadarços, pensando como ele e Mia tinham saído pouco de casa na semana anterior. Mas, sinceramente, não achava que ela se importara muito. Parecera mostrar aquela maldita tatuagem com frequência demais e protestado muito pouco quando ele cumprira a promessa de trepar com ela toda vez que a visse.

Ele sentiu o pênis enrijecer, apertado contra o tecido da calça. *Merda, não consigo nem pensar nela sem ficar de pau duro. Nem preciso ver a maldita tatuagem para querê-la.*

Max não sentiu nada além de alívio de não precisar mais esconder nada de Mia nem preocupação de não ser o homem que ela queria. Pelo jeito, ela o queria exatamente como Max era e a feição constante, a forma como se abria para ele, aqueciam-lhe a alma.

Max saiu da cozinha, parando na entrada para observar o traseiro sensual da esposa enquanto ela colocava as louças sujas do café da manhã na pia, rebolando com o ritmo de uma música *country* que saía do celular dele. Ele nunca ouvira a música antes e não gostava muito daquele estilo, mas nunca mais se esqueceria da melodia. Talvez até mesmo tivesse que aprender a tocá-la no piano se houvesse a possibilidade de observá-la dançar sempre que a ouvisse.

Minha. Minha esposa. Meu amor. Minha vida. Minha mulher. Para sempre.

Max não conseguia se mover, mal conseguia respirar enquanto a observava. Como diabos conseguira viver sem ela por mais de dois anos? Podia sentir a atração do outro lado do aposento, com a necessidade constante de estar com ela. Mia o completava e ele estivera perdido desde o momento em que ela o deixara. Agora, ele tinha mais uma chance. Tudo de que precisava estava bem ali à sua frente, vestindo calça *jeans* azul e um suéter verde e dançando.

Mia virou a cabeça, como se tivesse sentido a presença dele e abriu um sorriso largo e acolhedor. Minha nossa, ele adorava aquele sorriso. Raramente ela não olhava para ele daquela forma, como se não houvesse nada que a deixasse mais feliz do que vê-lo. Ela estendeu a mão e desligou a música alta do celular, aproximando-se e passando os braços em volta do pescoço dele. — Espero que não se importe. Usei o aplicativo de música do seu celular. Deixei o meu na Flórida.

Ela podia usar qualquer coisa que quisesse, qualquer coisa que ele tivesse. Ora, podia até mesmo usá-lo, da forma que quisesse, desde que o mantivesse sorrindo daquela forma. — Você é tudo para mim. O que é meu, é seu — respondeu ele com simplicidade, passando os braços em volta da cintura dela.

— Então, não vai se importar se eu usar seu barbeador para depilar as pernas? — perguntou ela em tom inocente.

— Ok, tudo, menos isso — respondeu ele, fazendo uma careta. Ele hesitou por um segundo e acrescentou: — Ora, pode usar isso também. Se a lâmina ficar cega, comprarei uma nova. — Max decidiu que o sorriso no rosto dela valia a pena comprar um grande suprimento de barbeadores.

O sorriso de Mia encheu o aposento quando ela admitiu: — Eu não ousaria. Sei muito bem qual é o limite dos homens.

— Não há limites entre nós — respondeu Max. — Pode passar dos limites sempre que quiser. Pode invadir meu espaço pessoal à vontade. — *Encha minha vida com amor.*

Ele a beijou porque precisava, cobrindo a boca doce com a sua. Mia imediatamente se abriu para ele, aceitou-o, acolheu-o e isso o deixou maluco. Ela combinava com ele de forma perfeita e bela, atendendo às suas necessidades como se fossem dela. Na verdade, talvez fossem... mas isso ainda o inflamava.

Ele afastou a boca e enterrou o rosto nos cabelos de Mia, absorvendo o perfume e saciando a necessidade de ficar perto dela. Talvez ainda tivesse medo de que alguém a levasse embora e ele não conseguiria sobreviver a isso.

— Achei que íamos andar a cavalo — murmurou Mia no ouvido dele.

Os dois eram excelentes cavaleiros. Mia passara os verões em Montana com a avó antes que ela falecesse. E Max passara algum tempo no Texas com um velho amigo do pai. Ele e Mia passaram alguns dias preguiçosos na semana anterior andando a cavalo e aproveitando o clima de setembro. Mas, no momento, ele estava começando a repensar o tipo de cavalgada que queria que Mia fizesse.

— Talvez seja melhor fazermos um tipo de cavalgada diferente

— disse Max com voz rouca, saboreando o perfume doce ao puxá-la para mais perto.

— Ainda bem que disse isso porque eu estava pensando algo parecido — respondeu ela. Saindo do abraço dele, ela o tomou pela mão e começou a puxá-lo em direção à porta da frente.

Intrigado, Max a seguiu, tentando descobrir se ela estava pensando em uma mudança de cenário. Estava mais do que disposto a qualquer coisa que ela tivesse em mente.

Ela o levou até a porta da frente e abriu-a com um sorriso largo. — Feliz aniversário, feliz aniversário de casamento, feliz Natal — disse ela, conduzindo-o para fora.

Max estreitou os olhos por causa da luz forte do sol e do brilho à frente. O carro alugado desaparecera e, em seu lugar, havia uma Ferrari 458 Spider, um carro que ele considerara comprar, mas desistira, apesar de estar louco para tê-lo havia algum tempo. — De quem é este carro?

Mia sacudiu um chaveiro em frente ao rosto dele. — Agora é seu. Eu queria lhe dar alguma coisa por todas as datas que não passamos juntos. E eu sei que você queria um destes.

Puta merda. Max ficou de boca aberta e olhou para Mia ao perguntar: — Como você sabia que eu queria uma Ferrari? — Simon e Sam tinham Bugattis, Kade e Travis tinham uma variedade de brinquedos masculinos, mas a única coisa que Max sempre quisera fora uma Ferrari. Havia alguma coisa nas linhas italianas elegantes que o atraíam muito.

Mia colocou as mãos na cintura e abriu um sorriso malicioso. — Eu já estava providenciando antes de ter que desaparecer pela segunda vez. Usei seu *notebook* algumas vezes e a tela tinha este carro. Obviamente, você o queria. Por que simplesmente não comprou?

Max tinha uma Mercedes, um sedã bonito que tinha um preço moderado. — Porque não é sensato. Por que eu preciso de outro carro, especialmente um que custa mais de duzentos e cinquenta mil dólares? — Ele podia ser bilionário, mas parecera nunca superar o senso de lógica e praticidade.

— Max, você pode pagar. Pode ter todas as coisas que deseja. Nem sempre precisa fazer só o que é sensato — provocou ela suavemente.

— Algumas vezes, é divertido fazer uma coisa só porque tem vontade, sem tentar aplicar a razão.

Os olhos dele passearam pelo carro com prazer. Por quanto tempo ele quisera uma Ferrari, mas nunca a comprara porque não precisava? Não era nada prático, mas ele adorou. — Você vez isso por mim? Como a trouxe até aqui? — perguntou ele ainda atônito.

— Com a ajuda do meu irmão. Kade providenciou para que o carro fosse trazido até aqui. Gostou? — perguntou ela nervosa. — Paguei com o meu dinheiro.

Ele não se importava com o dinheiro que ela usara. Podia usar o dinheiro dele a qualquer momento se quisesse alguma coisa. Na verdade, ele preferia que ela usasse o dinheiro dele. Max tinha muito mais que ela, tanto dinheiro que não conseguiria gastar tudo até morrer, mesmo que comprasse produtos de luxo todos os dias. Não fora o dinheiro que o impedira de comprar o carro, fora a insensatez de fazê-lo. — Claro que sim. Adorei! Eu sempre quis ter uma Ferrari.

— Ele pegou a chave da mão dela e caminhou até o veículo. Era lindo, vermelho, com interior de couro preto, e a capota estava abaixada. Era um carro incrível e ele estava louco para colocá-lo na estrada.

— Você aluga carros esportivos, mas não pensa em comprar um?

Max sorriu para ela constrangido, passando a mão na porta do carro. — Tinha que satisfazer meu desejo de vez em quando.

Mia passou os braços em volta dele, abraçando-o pelas costas ao murmurar: — Ele está permanentemente satisfeito agora.

Max se virou e ergueu-a nos braços. Mia passou as pernas em volta da cintura dele, deixando o rosto na mesma altura do dele. — Tenho outro desejo — disse ele em tom malicioso, disposto a esperar para andar no carro novo. — Não consigo acreditar que tenha feito isso por mim. Como parece sempre saber o que quero antes mesmo que eu saiba?

— Observação — respondeu ela com uma risada. — Desta vez, eu espionei. E você sabia que queria. Só não quis admitir para si mesmo.

Você gastou muito dinheiro sem sentido comigo no passado, mas tem regras diferentes para si mesmo.

Max não tinha certeza absoluta, mas podia apostar que fora mais do que apenas observação. Mia o entendia de uma forma que ele mesmo não conseguia se entender. — Eu também comprei uma coisa para você. Espero que goste. E gastar com você nunca é sem sentido.

— O quê? — perguntou ela curiosa, beijando-o de leve nos lábios. Em seguida, tirou as pernas da cintura dele e colocou os pés graciosamente no chão.

Max quase gemeu alto, pois a sensação de vê-la se afastar foi quase dolorosa. — Comprei na Flórida. — Colocando a mão no bolso, ele tirou uma caixa de veludo preta. Nervosamente, abriu a tampa. — Eu não sabia se encontraríamos a sua aliança. E resolvi comprar isto.

O anel era de platina, completamente coberto de diamantes, e com uma safira enorme no topo, incrustada em um coração feito do mesmo metal precioso e rodeado de mais diamantes.

— Ai, Max. — Mia pareceu sem fôlego ao pegar a caixa com a mão trêmula. — É incrível. Mas eu achei a minha aliança.

— Você tem outro dedo — relembrou ele com um sorriso leve. — Um anel para o nosso primeiro casamento e outro para nossa segunda chance. — Ele tirou o anel da caixa que estava na mão dela e colocou-o no dedo anular da outra mão de Mia. — Fique comigo — exigiu ele, sem querer que fosse uma pergunta. Ele certamente ficaria com ela.

Com expressão atônita, ela olhou para ele com lágrimas escorrendo pelo rosto. — É lindo. Deve ter custado uma fortuna. Esta safira deve ter pelo menos dezessete quilates.

Max esquecera por um momento que era casado com uma *designer* de joias que conhecia pedras preciosas, apesar de não trabalhar muito com elas. — O custo não é problema. Eu queria mais diamantes, mas Gabrielle disse que seria exagero.

— Gabrielle. Ai, meu Deus, eu sabia que parecia trabalho dela. Mas ela está sempre ocupada com coisas personalizadas. Como conseguiu que ela fizesse este anel tão depressa?

Max precisara pagar muito caro e implorar bastante para que a famosa *designer* de joias priorizasse o anel de Mia. Mas teria pagado qualquer coisa para consegui-lo e colocá-lo no dedo de Mia o mais rápido possível. Depois de ver como ela lamentara a perda da aliança, Max teria dado a fortuna inteira para comprar uma nova. — Gostou? — perguntou ele ansioso, sem querer discutir o preço nem como conseguira a aliança tão depressa.

Mia tocou no anel com reverência, com os olhos brilhando. — Não existe mulher no mundo que não gostasse. Obrigada, Max. Adorei. Eu amo você.

— Não chore. — Ele limpou gentilmente as lágrimas do rosto dela. — Era para fazer você sorrir.

— Eu estou feliz. É um anel maravilhoso. Você não precisava ter feito isso. Eu já tenho uma aliança deslumbrante.

— Você não precisava ter comprado uma Ferrari para mim — retrucou ele.

— Mas eu quis — argumentou ela.

— Eu também — disse ele, sorrindo.

— Pretende me levar para um passeio? — perguntou ela baixinho, movendo o olhar para o carro.

Ah, sim. Ele queria levá-la para o melhor passeio da vida dela. Max estava seriamente considerando deitá-la nua sobre o capô da Ferrari, mas Mia já correra para o lado do passageiro, abrira a porta e entrara no carro esportivo.

Resignado, ele abriu a porta e sentou-se no banco de couro. Em seguida, ligou o carro e deu a volta para que pudesse sair pela estrada. Ele dirigiu lentamente, tentando evitar os buracos e lembrando a si mesmo que precisava mandar consertá-los assim que possível.

— Sabemos para onde vamos? — Max perguntou a Mia, sem saber exatamente para onde a rodovia levava na área ou qual seria o destino deles.

— Isso importa? — perguntou Mia, com os cabelos esvoaçando na brisa. Ele parou no final da estrada de terra.

Max franziu a testa e olhou para ela. Ele nunca fora do tipo que fazia as coisas de forma improvisada. Sempre sabia exatamente aonde estava indo, o que faria e por quê.

Mas estou em um carro com o qual sonhei desde que era adolescente, com uma bela mulher no banco do passageiro — uma mulher que amo e em quem nunca mais achei que conseguiria tocar.

Então, não, não se importava para onde iria, desde que Mia estivesse com ele.

O corpo inteiro de Max relaxou quando ele olhou para Mia, cujo rosto estava radiante. Ele desfez a careta e os lábios se curvaram em um sorriso malandro. — Não. Não importa nem um pouco.

— Você parece um adolescente que acabou de tirar a carteira de habilitação — observou Mia em tom divertido.

— Tenho carteira de habilitação há muito tempo, mulher. Mas estou me sentindo como um adolescente, isso é verdade — disse ele, sentindo a boca seca ao olhar para ela.

— Como?

— Quero ver se este carro realmente vai de zero a cem em menos de quatro segundos e quero ver se consigo deixá-la tão excitada quanto um adolescente que só quer fazer amor com a garota ao seu lado — respondeu ele, lançando-lhe um olhar perigoso.

— Sou muito fácil em se tratando de você — respondeu Mia com voz sensual. — Sou sua mulher. — Ela fez uma pausa e disse docemente: — Vire à direita. Há um longo trecho em linha reta.

Ela podia ser esposa dele, mas nunca seria fácil. Por sorte, ela se referira ao sexo e, em relação a isso, Max adorava que fosse fácil... com ele. Mia também o provocava, agradava, frustrava de forma inimaginável e fazia com que mudasse em coisas que sempre o transformariam em um homem melhor. Ela forçava os limites dele, fazia com que percebesse que podia esquecer do título de senhor Perfeito e ainda ser um homem de quem os pais adotivos sentiriam orgulho se ainda estivessem vivos. Ele provavelmente nunca seria irresponsável nem completamente abandonado, pois não era assim. Mas estava aprendendo que nem tudo na vida precisava fazer sentido. E, na realidade, a maioria das coisas verdadeiramente boas, coisas que faziam com que valesse a pena viver, não envolviam razão nem lógica.

Virando o olhar para a frente, ele se deixou desfrutar do ronronar do motor potente ao entrar na rodovia de pista dupla. Não havia outros carros à vista e normalmente eles só surgiriam na autoestrada. O rancho ficava a uma distância razoável de Billings e não havia uma população muito grande na área.

— Zero a cem em menos de quatro segundos — disse Max para si mesmo, dirigindo lentamente enquanto contemplava a estrada à frente e sentia o carro novo.

— Bem, vejamos se consegue. Acelere. Só tome cuidado com os animais — disse Mia alegremente, parecendo mais do que pronta para vê-lo acelerar.

Max acelerou e o carro respondeu com um rugido quando o motor potente lançou o veículo pelo asfalto. A potência sob o capô elegante fez com que a velocidade aumentasse rapidamente.

Sessenta quilômetros por hora.

Oitenta quilômetros por hora.

Cem quilômetros por hora.

— Puta merda, ele faz mesmo — disse Max alto o suficiente para que Mia o escutasse acima do ruído do vento e do motor.

Mia simplesmente riu, um som alto que o manteve acelerando até que sentisse que estava voando. Ele forçou o veículo até onde ousou com a esposa ao seu lado... mas mais tarde, quando estivesse sozinho, testaria o carro um pouco mais além. Mas não com sua vida inteira sentada ao lado. Talvez estivesse libertando-se, mas não era burro. Reduzindo a velocidade para pouco acima do limite da estrada, ele desejou desesperadamente encontrar as palavras a dizer a Mia. Não fora o presente do carro que o emocionara, mas o fato de que ela quisera fazê-lo feliz.

— Vire aqui. Na próxima à direita — instruiu ela empolgada.

Max não perguntou para onde estavam indo. Ainda não se importava. Ele virou à direita e Mia o orientou por mais algumas curvas até que pediu que entrasse em um estacionamento de terra.

Depois de sair do carro, ele segurou Mia quando ela estava prestes a saltar para fora do conversível. Ele a pegou pela cintura e puxou-a por cima da porta, saboreando a sensação do corpo dela contra o seu. Em seguida, abaixou-a até que estivesse com os pés no chão, sem querer soltá-la.

— Este é um dos meus lugares favoritos. Quero que você o veja — disse Mia. Ela pegou a mão dele empolgada e puxou-o atrás de si, conduzindo-o por um caminho.

Alegre, Max deixou que ela o levasse, aproveitando a vista de seu traseiro.

Eles não foram muito longe até chegarem a um terreno íngreme que terminava em uma vista espetacular. Rodeado de sempre-vivas, o ponto elevado oferecia a vista perfeita de várias montanhas e a sensação de que era possível admirá-la para sempre.

Max viu o aviso sobre o despenhadeiro ao se aproximar de Mia, colocando os braços em volta da cintura dela. Ele olhou para a queda vertical de vários metros logo abaixo.

— Adoro este lugar — disse Mia baixinho. — Eu costumava vir aqui quando me sentia muito sozinha.

A vulnerabilidade na voz dela fez com que o coração de Max ficasse apertado. — Com que frequência isso acontecia? — perguntou ele em volta, encostando a cabeça nos cabelos de Mia e odiando o fato de ela ter se sentido sozinha. Mas sabia exatamente qual era o sentimento.

— Todos os dias — admitiu ela tristemente, cobrindo as mãos dele que estavam em volta de sua cintura e suspirando feliz. — Não houve um dia em que eu não tivesse sentido saudades de você.

Max tentou se livrar do nó que se formava na garganta, incapaz de expressar em voz alta como se sentira desolado sem ela. Sem conseguir encontrar as palavras certas, ele a virou nos braços e ergueu-lhe o rosto, colocando a boca sobre a de Mia com um gemido faminto. Ela tinha gosto de menta, café e luz do sol e ele a saboreou de forma quase decadente, com a língua dançando contra a dela. Ela soltou um gemido baixo que quase fez com que Max perdesse a razão. Beijar Mia era como beber água, mas sem nunca saciar completamente a sede.

Ela é minha.

E Max estava determinado a nunca mais estragar aquilo. Afastando os lábios dos dela, ele disse em voz grave: — Eu amo você. Senti tanto a sua falta que não parecia que eu estivesse vivo. Preciso de você, Mia. — Sem mais mentiras, sem fingir que não precisava dela constantemente, que não queria possuí-la o tempo inteiro. *Chega de fugir. Nenhum de nós dois precisa mais fugir.* Ela se afastou sem fôlego. — Seus beijos são perigosos — disse ela em voz provocante, dando um passo atrás e sorrindo para ele.

Mia mal tinha acabado de dizer aquelas palavras quando a terra começou a desmoronar sob seus pés. Max estendeu as mãos rapidamente, percebendo que ela estava perto demais da borda, mas não conseguiu alcançá-la. Mia caiu, desaparecendo antes que ele conseguisse agarrar o suéter que ela vestia.

Só o que Max ouviu foi o grito horrorizado da esposa. Em seguida, ela desapareceu.

Capítulo 13

Mia tremia ao se agarrar a um arbusto que saía na lateral do penhasco, com os pés precariamente apoiados no que parecia ser uma pequena plataforma de rochas irregulares sobre o precipício imenso.

Respire, Mia. Respire. Você não está morta... ainda.

Tentando se livrar da paralisia momentânea causada pelo terror da queda, ela tentou avaliar a situação, que não parecia fácil. Estar pendurada perigosamente, com muito pouco separando-a de uma queda muito longa e fatal, não ajudou a clarear a mente.

— Mia! — O grito assustado de Max levou Mia de volta à realidade.

Inclinando a cabeça lentamente, ela conseguiu ver o rosto de Max logo acima e a proximidade dele foi reconfortante. O olhar angustiado de Max encontrou o dela. Com cuidado, Mia tirou uma das mãos do arbusto e estendeu o braço para cima. Devagar, Max abaixou o corpo e tentou alcançá-la, mas a distância ainda era muito grande.

Tão perto, mas não perto o suficiente.

— Caralho. Vou descer — ela ouviu Max dizer.

Em pânico, ela se agarrou novamente ao arbusto. — Não, Max. Vá procurar ajuda. — A queda vertical mataria qualquer pessoa. Ela olhara para baixo vezes suficientes para saber que não havia nada além de rochas abaixo deles. Havia poucos lugares em que se segurar no penhasco e ela estava em um deles, mas as rochas abaixo dos pés pareciam instáveis. — Você não pode descer, vai cair. Por favor.

Mia não se importava mais se caísse pelo penhasco, mas não aguentaria ver aquilo acontecer com Max.

— Foda-se a ajuda — respondeu Max, passando a parte debaixo do corpo sobre a borda. — Você não vai conseguir ficar pendurada por tanto tempo.

Não... provavelmente não conseguiria. O arbusto era a única coisa que a mantinha naquele paredão. A plataforma sob os pés meramente aliviava o peso nos braços. — Max, mas que merda. Pare. — Vendo-o começar a descer cuidadosamente fez com que o coração de Mia quase parasse de bater por um momento terrível. Mas ele encontrou apoios imprevisíveis onde colocar os pés.

— Você não vai morrer aqui, querida. Não hoje. Não em dia nenhum. Vou tirar você daí — respondeu ele com a voz rouca.

Ela não conseguia ver o rosto dele, mas Max era determinado e, no momento, Mia xingou aquela tenacidade. — Isso é loucura. Nós dois vamos morrer.

— Ninguém. Vai. Morrer — resmungou Max, movendo-se lentamente para baixo ao lado dela. Ele agarrou outro galho pequeno que saía das rochas ao ficar no mesmo nível que ela.

Mia lutou para respirar ao ser dominada pelo medo. O apoio que Max tinha era ainda menor e menos estável que o dela. Os olhos aterrorizados encontraram os dele, que tinham uma expressão feroz e resoluta que Mia nunca vira. — Max, por favor. — As lágrimas escorriam pelo rosto dela e o corpo inteiro tremia ao perceber que Max não se importava se morreria ou não tentando salvá-la. Ela os colocara naquela situação por ter sido burra e chegar perto demais da borda, mas Max não hesitou em ir atrás dela. — Você é teimoso demais — sussurrou ela desesperada. — É você quem deveria ser cauteloso.

— Não quando se trata de você — respondeu Max. — Você vai subir, querida.

— Max, você não pode...

Ele colocou a mão sob o traseiro dela e empurrou-a para cima, movendo-se para tomar seu lugar. — Suba, caralho — exigiu ele, empurrando-a com mais força.

Ela não estava longe do topo e a voz firme de Max fez com que procurasse desesperadamente um lugar em que se segurar para evitar que ele caísse. Um empurrão forte final lançou a parte superior do corpo dela acima da beira do penhasco. Ela se arrastou até estar em segurança, sem fôlego quando caiu no chão sólido.

Mia virou o corpo de forma desajeitada, colocando a cabeça sobre a borda e soltando uma exclamação assustada quando encontrou Max e o ponto em que ela estivera ceder, desmoronando sob os pés dele. Ele colocara peso demais sobre as rochas instáveis quando a empurrara para cima. O corpo dele balançou de forma insegura por um momento, o momento mais longo da vida de Mia, até que Max conseguisse se segurar novamente.

Por favor, por favor, não deixe que ele morra.

Ela puxou o corpo lentamente por cima da borda, tentando chegar mais perto dele.

— Volte para cima daquela borda imediatamente — ordenou Max, encontrando outro apoio para a mão e puxando o corpo um pouco para cima.

Mia recuou um pouco, mas não muito, determinada a ajudar Max.

— Você pode segurar na minha mão.

— Volte. Para. Trás. — A voz de Max estava dura. Ele movia o corpo grande para cima usando pura força e teimosia.

Percebendo que o marido não se arriscaria a puxá-la novamente para baixo, Mia se afastou para o lado, deixando espaço suficiente para que ele subisse assim que encontrou um apoio decente para o pé. Ela agarrou a cintura da calça de Max e puxou-o com toda a força até que ele estivesse em segurança.

Ela soluçou quando ele a segurou pela cintura e rolou, protegendo-lhe o corpo com o seu ao se afastarem da beirada do paredão de rochas. Ele não parou até que chegassem à vegetação e encostassem no tronco de uma árvore, com Mia por cima.

Ele se levantou e colocou-a de pé, com os olhos em chamas. — Você está bem? — perguntou ele abruptamente, passando as mãos por todo o corpo dela em busca de ferimentos. Mia soltou o ar pesadamente, ainda trêmula. Max estava arranhado em vários lugares, mas inteiro. — Estou bem. Só fiquei com medo de que você se matasse. O que tinha na cabeça? — perguntou ela, com a adrenalina correndo pelas veias ao lançar um olhar furioso a Max. — Aquilo foi uma coisa idiota e arriscada. Nunca mais faça isso, Maxwell Hamilton. Você tirou pelo menos uns vinte anos da minha vida e quase me matou de medo. — Ela deu um soco no ombro dele. E mais outro, com o alívio invadindo-o ao perceber que socava os músculos sólidos de Max.

Max a segurou calmamente enquanto ela continuava a socá-lo, carregando-a pelo caminho. Em certo ponto, ele parou e colocou-a gentilmente no chão. Em seguida, segurou-lhe os pulsos e prendeu-a contra uma árvore imensa, dominando-a com muito pouco esforço.

Ainda cheia de adrenalina, ela parou de bater nele e começou a soluçar quando o medo superou todas as outras emoções. — O que eu faria se alguma coisa acontecesse com você, Max? Eu não aguentaria.

— Eu sei. Foi assim que eu me senti por mais de dois anos quando achei que você estava morta, querida — respondeu Max com voz rouca.

Mia parou de lutar quando a verdade do inferno pelo qual Max passara finalmente a atingiu. Ela passara por alguns minutos de agonia, imaginando se Max morreria. Ele passara mais de dois anos sem saber, achando que ela já estava morta. Ela estivera sozinha, lamentando a falta de Max, mas, pelo menos, soubera que ele estava vivo. — Eu não teria aguentado. Lamento. Lamento tanto. — A força total do que Max sofrera a encheu de remorso, angústia e pesar.

— Não me importo mais com o passado, Mia. Eu me importo conosco agora. Se eu tenho você agora, nada mais importa. Entendo que estivesse tentando me proteger. Entendo que não sabia mais o que fazer. Contribuí para a confusão toda com a minha própria forma errada de tratar tudo. Deixe isso para trás. Nesse momento, preciso estar dentro de você — rosnou Max, agarrando a parte debaixo do suéter de Mia para puxá-lo sobre a cabeça dela. — Estamos vivos e estamos juntos.

— Não acredito que você desceu naquele penhasco para me buscar — disse ela ainda atônita.

— Não importa onde você esteja, sempre vou buscá-la — jurou Max.

Ela olhou para a expressão enlouquecida, angustiada e faminta de Max e sentiu o corpo inteiro em chamas. Max também sentia a onda de adrenalina, mas a dele precisava ser exaurida de uma forma inteiramente diferente.

Mia sentiu um calor invadi-la, com a própria necessidade respondendo à dele. Subitamente, de forma desesperada, começaram a tirar as roupas um do outro para ficarem mais próximos. As roupas caíram no chão ao se agarrarem freneticamente. Os dois tinham perfeita consciência de que estiveram à beira da morte e poderiam nunca mais ficar tão próximos.

— Fique parada — disse Max, prendendo-lhe as mãos sobre a cabeça contra a árvore quando finalmente ficaram nus.

Mia ofegava pesadamente, sentindo-se molhada com a ordem na voz de Max. Ela obedeceu imediatamente, relaxando o corpo ao olhar para a expressão feroz dele. Talvez o marido tivesse sido relutante em admitir as tendências de macho alfa em relação a ela, mas o olhar possessivo, protetor e incrivelmente dominante no rosto dele naquele momento era inegável. Todas as emoções de dominador estavam ali, em uma abundância gloriosa, contidas no macho excitante e musculoso parado à sua frente, com a testosterona exalando por todos os poros.

A pele dele estava arranhada e suada. Gotas de transpiração escorriam pelo rosto de Max quando ele a prendeu com um olhar faminto. — Preciso que você precise de mim — disse ele. Uma das mãos segurou os pulsos dela enquanto a outra acariciava-lhe um dos seios, circulando o mamilo com o polegar.

Mia gemeu, sentindo os dois mamilos rígidos e muito sensíveis. O toque mais leve provocou as terminações nervosas de forma intensa.

— Eu já preciso. Trepe comigo, Max. Por favor.

— Você sabe como eu me senti quando você caiu naquele penhasco, querida? — perguntou ele quando os dedos se moveram para o outro seio, beliscando o mamilo de leve antes de acariciá-lo.

— Sim — gritou Mia. — Da mesma forma como eu me senti quando vi você pendurado lá embaixo.

— A sensação foi de que você morreria de novo. — A mão de Max desceu lentamente pelos seios em direção ao abdômen trêmulo. — E, por um momento, eu também morri.

A voz dele estava rouca, mas o toque era gentil ao se mover entre as coxas de Mia, gentilmente abrindo-lhe as dobras e acariciando-a de leve.

Não foi o suficiente e o corpo de Mia começou a protestar. Ela moveu os quadris para a frente, precisando de mais pressão, precisando mais de Max. — Eu preciso de você — disse ela, gemendo quando os dedos dele encostaram no clitóris, provocando-a.

— Você está molhada para mim, querida. Mas quero que sua necessidade seja maior — disse ele baixinho em seu ouvido, mordendo o lóbulo e correndo a língua pela carne dela. — Quero que você goze para mim. Porque sei que, depois que eu entrar em você, não vai demorar. Não dessa vez.

Mia gemeu, precisando do toque dele mais do que qualquer outra coisa no mundo. Max queria que ela se satisfizesse, colocando as necessidades dela em primeiro lugar. Mas ela o queria dentro de si, precisava estar conectada com ele. — Então faça-me gozar. Porque quero você dentro de mim agora — gritou ela sem se importar se alguém ouviria.

Max estremeceu como se tivesse perdido o controle e beijou-a, movendo os dedos entre as coxas dela como tocava o piano, de forma forte, confiante e absolutamente perfeita. Ele procurou o clitóris inchado que precisava de atenção, acariciando-o com movimentos intensos enquanto a língua explorava-lhe a boca. Ele não diminuiu a pressão até que ela explodisse, com o corpo estremecendo ao ser atingida pelo clímax com uma intensidade inacreditável.

Afastando a boca, Max soltou os pulsos de Mia e segurou-lhe as nádegas. — Coloque os braços e as pernas em volta de mim — pediu ele, sem nem deixar que ela respirasse antes de penetrá-la com um gemido alto. — Nada entre nós desta vez. Você é inacreditável. Isto é tão gostoso.

Obedientemente, Mia passou as pernas em volta da cintura e os braços em volta do pescoço dele, arquejando quando ele a penetrou, enterrando-se profundamente. Ela sabia que Max tentava manter as costas dela longe da árvore para que não se machucasse, mas Mia não teria se importado nem um pouco se ganhasse alguns arranhões. A sensação de tê-lo dentro de si era inebriante e ela estava enlevada demais para se importar. — Sim — encorajou ela, correndo a língua em seu pescoço e mordendo a pele. Mia adorou o rosnado selvagem de aprovação enquanto ele se movia em um ritmo intenso, cada vez mais forte, mais fundo.

Mia gemeu com cada investida forte, com a virilha dele fazendo pressão no clitóris sensível a cada movimento cada vez mais frenético e furioso. Ela sentiu o orgasmo aproximando-se de forma selvagem, tão intenso que ela gritou: — Eu amo você!

Max rosnou e estremeceu ao mover os quadris desesperadamente, sentindo-a se contrair em volta do pênis enquanto gozava.

Ela segurou a cabeça dele e beijou-o, gemendo enquanto o corpo explodia em uma onda de calor, parecendo incendiar. Ela estava delirando de prazer quando a língua de Max encontrou a sua, reunindo-os de todas as formas possíveis. Os corpos se moviam em uníssono enquanto se mantinham unidos em um mundo que só pertencia aos dois.

Max os abaixou até uma parte gramada, mantendo-a sobre si. Os lábios ainda estavam unidos e ele colocou uma das mãos em seus cabelos e manteve a outra possessivamente em seu traseiro, acariciando de leve a tatuagem de Mia.

Completamente exausta, Mia repousou a cabeça no ombro de Max, murmurando suavemente: — Você quase me matou de susto. Nunca mais faça isso. — Ela tentou colocar um pouco de convicção na voz, mas estava cansada demais.

— Querida, se isso deixa você neste tipo de fúria apaixonada, acho que vou me jogar no penhasco todos os dias — disse ele com uma risada.

— Eu me divorciarei de você — reclamou ela com voz fraca.

— Não, não vai — retrucou ele convencido, acariciando-lhe os cabelos.

— Como sabe? — perguntou ela.

— Porque você me ama — relembrou ele confiante.

— Sim, amo. — Mia estava tão saciada que nem quis discutir. Ele tinha razão. Não importava o que acontecesse, sempre estariam juntos. Ela achara que fora obra do destino desde o momento em que estragara o terno caro de Max, olhara para ele e vira seu futuro nos belos olhos cor de mel. — Você percebeu que estamos ao ar livre e nus? Isto não faz muito bem para sua imagem, sabia?

— Você acabou com o meu famoso controle no momento em que a conheci — resmungou Max. — Chega de senhor Perfeito para mim.

— Você se importa? — perguntou Mia curiosa, imaginando se ele se ressentia um pouco de ter perdido a antiga imagem de pessoa razoável, calma e respeitável que sempre fora.

Ela ergueu a cabeça para olhar para o rosto dele. Havia um sorriso feliz e bobo em seus lábios que fez com que o coração de Mia saltasse no peito.

— Claro que não. Estou começando a aprender que ser um pouco safado é muito mais divertido. — Ele a beijou gentilmente e os dois se levantaram.

Rapidamente, eles se vestiram, rindo ao tirarem folhas e terra um do outro. Max pegou a mão dela e eles desceram o restante da colina, ajudando-a a entrar no carro novo.

Max dirigiu abaixo do limite de velocidade até chegar em casa. Mia o provocou sobre parecer um vovô, mas, quando ele respondeu que havia um limite para o que podia aguentar cada dia, ela sorriu.

Max não era perfeito, mas estava muito perto disso. E era dela. Uma mulher não podia ter sorte maior.

Recostando-se no banco de couro com um suspiro, Mia percebeu que, depois de toda a dor e o sofrimento dos anos anteriores, finalmente estava com Max da forma como deveriam estar. E, se estava com Max, não importava onde estivessem, sempre seria seu lar.

Epílogo

Um mês depois em Tampa

Max olhou para a pasta sobre a mesa com a testa franzida, imaginando se o que vira nas informações que ela continha eram viáveis. Seria possível que ele e Maddie tivessem outro irmão? Ele estivera investigando, tentando garantir que não tivesse mais nenhum outro membro da família perdido no mundo. Apesar de estar completamente satisfeito com a vida que tinha agora, não queria que houvesse outro irmão sobre o qual não tinha conhecimento. Se não verificasse cada possibilidade, sempre teria dúvidas. Portanto, ele deixou que os investigadores continuassem buscando respostas. A mãe biológica fora casada duas vezes mais depois que o pai dele morrera. Era inteiramente possível que tivesse tido outros filhos. As informações eram tênues, mas era preciso investigar a possibilidade e conferir os dados que os agentes tinham descoberto recentemente.

— Sim, sem problemas. Posso verificar — disse Kade casualmente. A voz dele saiu do alto-falante sobre a mesa do escritório na casa de Max.

— É muito improvável, mas preciso investigar. E não estou pronto para deixar Mia de novo tão cedo. Não posso — admitiu Max para o cunhado. — E ela tem alguns projetos que precisa terminar. O resmungar de Kade ecoou pela sala. — Vocês dois precisam parar com isso em algum momento.

Ora, Max esperava que isso nunca acontecesse. Apesar de saber exatamente sobre o que Kade estava falando, perguntou inocentemente: — O quê?

— Essa coisa nojenta de amor. Está ficando muito chato — respondeu Kade em tom desgostoso.

Max ergueu o olhar quando Mia entrou na sala, parecendo incrível em um vestido vermelho sensual que o deixou imediatamente de pau duro. — Mia está pronta. Vamos sair, precisamos ir a uma festa de caridade. Obrigado por me ajudar. Enviarei o que tenho para você — disse Max a Kade, estendendo a mão para desligar.

Levantando-se, Max alisou os braços do terno, sem tirar os olhos da esposa até encontrá-la no meio da sala.

O mês anterior fora uma época de exploração e descoberta para eles. Todos os dias, Max achava que não seria possível amar a esposa mais do que já amava. Mas, a cada dia, mergulhava um pouco mais no amor com a mulher incrível parada à sua frente, uma mulher que desnudara a alma para ele e permitira que fizesse o mesmo. Estavam mais próximos do que nunca, dividindo a alegria e a emoção incrível de um amor tão forte que era quase assustador. Quase. O êxtase certamente valia a pena um pouco de medo. Para ele, Mia valia tudo.

— Você está linda. — Ele sabia que as palavras não eram adequadas. Ela estava deslumbrante. O vestido vermelho de seda esvoaçava sobre os joelhos e abraçava as curvas dela de forma intrigante.

— Você também está lindo, sr. Hamilton — respondeu Mia, ajeitando a gravata dele. — Estamos prontos?

— Quando quiser, querida. Tem certeza de que não há problema? Eu sei que não gosta muito desse tipo de evento. Mas, se alguém irritar você, diga exatamente o que pensa. — Sinceramente, Max não achava que a esposa teria mais problemas em fazer aquilo.

Max sabia que Mia só concordava em acompanhá-lo àquele tipo de evento porque ele precisava ir. Sentia-se grato por ela permanecer ao seu lado, mas não queria que continuasse a fazer algo de que não gostava só para agradá-lo.

— Está tudo bem. É algo que você precisa fazer e quero participar — disse ela calmamente. — Estou pronta — disse sugestivamente, virando-se em direção à porta.

Max ficou de boca aberta ao ver a parte de trás do vestido. Na verdade, quando olhou, viu que o vestido praticamente não tinha a parte de trás. A frente dele tinha um decote enganador, mas as costas eram totalmente inaceitáveis. — Você não vai sair com esse vestido — disse Max, quase como uma pergunta.

— Não gostou dele? — perguntou ela inocentemente, dando uma piscadela.

Claro que sim... ele adorara. Todos os homens que a vissem adorariam. As costas do vestido terminavam no topo das nádegas, mostrando uma abundância de pele macia e sedosa. — Adorei. E todos os outros homens na festa também adorarão. Vou acabar em uma briga quando a noite terminar — resmungou ele. Mas estava com a boca seca e prendeu o fôlego ao observar a seda deslizar tentadoramente nas curvas do traseiro de Mia.

— Não me importo com os outros homens. Só me importo com o que você pensa — retrucou ela.

Max avançou lentamente, encarando a pele exposta com um olhar possessivo.

Ela é minha. Sempre foi e sempre será.

— Como exatamente você usa roupas íntimas com isso? — perguntou ele com voz rouca, quase certo de que não queria saber a resposta.

— É um pouco complicado. Na verdade... não consigo. Elas não funcionam com este vestido — respondeu ela em tom direto ao andar em direção à porta.

Eu tinha receio de que ela dissesse isso.

Max a alcançou na porta, com a mão repousando nas costas dela e empurrando o vestido ligeiramente para o lado. Bastou alguns milímetros para expor a tatuagem. — Merda. Você sabe o que essa tatuagem faz comigo.

— Eu sei. Mas ela está coberta — argumentou Mia.

Não importava para Max. Ele ainda sabia que a tatuagem estava lá. — Você se lembra do que eu disse — retrucou ele com voz ameaçadora.

— Lembro — respondeu ela, abrindo um sorriso que dizia "trepe comigo".

Ela o dominava completamente. — Sou um homem de palavra — disse ele perigosamente. — E chegaremos atrasado na festa. — Não que ele se importasse. Sentia os testículos contraídos. E, afinal de contas, quem sentiria falta dele?

— Não será a primeira vez. — Mia se virou e colocou os braços em volta do pescoço dele.

Max se perdeu, mas nem tentou esconder o fato. Ele a segurou nos braços e beijou-a enquanto a carregava para o quarto. A risada de Mia ecoou pela casa enorme, uma casa agora completamente repleta de amor.

Obviamente, não foram para a festa.

Max enviou um pedido de desculpas no dia seguinte, mas foi apenas uma formalidade, um bilhete dizendo que tivera um imprevisto urgente. Ele não lamentava e a desculpa não fora exatamente uma mentira. Mas não podia contar toda a verdade... que nem saíram de casa naquela noite por causa de um vestido de seda vermelho, uma tatuagem sensual e algo de urgente que realmente acontecera!

~ *Fim* ~

Biografia

J.S. Scott "Jan" é autora de romances eróticos *best-sellers* do New York Times, do Wall Street Journal e do USA Today. Ela é também leitora ávida de todos os tipos de livros e literatura. Ao escrever sobre o que ama ler, J.S. Scott cria romances contemporâneos quentes e romances paranormais. Eles são geralmente centrados em um macho alfa e têm sempre um final feliz, já que ela simplesmente não consegue escrever de outra forma! Ela mora nas belas Montanhas Rochosas com o marido e os dois pastores alemães mimados.

Acesse: http://www.authorjsscott.com

Facebook Oficial: http://www.facebook.com/authorjsscott
Facebook Oficial no Brasil: https://www.facebook.com/J.S.ScottBrasil
Instagram: www.instagram.com/j.s.scottbrasil

Você também pode tuitar: @AuthorJSScott

Para receber notícias sobre lançamentos, vendas e sorteios, assine o boletim informativo em http://eepurl.com/KhsSD

Livros em português de J. S. Scott

Série A Obsessão do Bilionário:

A Obsessão do Bilionário: A Coleção Completa (Simon)

O Coração do Bilionário (Sam)

A Salvação do Bilionário (Max)

Procure a história de Kade,
O Jogo do Bilionário
em breve.

Série Um romance dos Irmãos Walker:

Liberte-se! (Trace)